U0148122

内蒙古文学重点作品创作扶持工程

辽阔大地

——一个母亲和她的 28 个孩子

蒋雨含　著

远方出版社

图书在版编目（CIP）数据

辽阔大地：一个母亲和她的 28 个孩子 / 蒋雨含著
. -- 呼和浩特：远方出版社，2023.4
ISBN 978-7-5555-1872-3

Ⅰ．①辽… Ⅱ．①蒋… Ⅲ．①报告文学 – 中国 – 当代
Ⅳ．① I25

中国国家版本馆 CIP 数据核字（2023）第 073602 号

辽阔大地——一个母亲和她的 28 个孩子
LIAOKUO DADI YIGE MUQIN HE TA DE 28GE HAIZI

著　　者	蒋雨含
责任编辑	奥丽雅
封面题写	康　庄
封面设计	薛　萍
版式设计	韩　芳
出版发行	远方出版社
社　　址	呼和浩特市乌兰察布东路 666 号　邮编 010010
电　　话	（0471）2236473 总编室　2236460 发行部
经　　销	新华书店
印　　刷	内蒙古爱信达教育印务有限责任公司
开　　本	787 毫米 × 1092 毫米　1/16
字　　数	218 千
印　　张	15
版　　次	2023 年 4 月第 1 版
印　　次	2023 年 6 月第 1 次印刷
印　　数	1—2000 册
标准书号	ISBN 978-7-5555-1872-3
定　　价	60.00 元

序 言

　　内蒙古位于祖国北疆，广袤无垠的草原、葳蕤茂密的森林、浩瀚辽远的大漠、纵横千里的阴山组成内蒙古多姿多彩的地理风貌。千百年来，各族人民在此繁衍、生息，丰富着绵历之久、镕凝之广的中华文化。文学传承，生生不息。源远流长的内蒙古文学，在牧野上传唱，在群山中回响，点亮了祖国北疆一盏盏温暖的生命明灯。

　　进入新时代，在习近平新时代中国特色社会主义思想的指引下，内蒙古文学工作者坚持深入生活，扎根人民，把澎湃的现实生活、昂扬的时代精神、丰富的经验和情感提炼造型。人、生活、岁月在他们笔下是砥砺行进的历史，是绵厚的家国之爱，是浓烈的人间烟火。一批批贴近时代、贴近人民、贴近大地的现实题材作品带着生活之感、时代之悟和人民之思传向全国。

　　为进一步加强文学的组织化程度，推出更多高品位的优秀作品，培养更多高素质的文学人才，内蒙古自治区党委宣传部牵头，内蒙古文联、内蒙古作协组织推进"内蒙古文学重点作品创作扶持工程"，汇集内蒙古众多优秀作家作品，努力推动内蒙古文学事业繁荣发展。该工程坚持以精品奉献人民，在宽广的世界视野中描绘中华民族精神图谱，有 121 部作品入选，已出版作品 53 部（57 册），部分作品荣获鲁迅文学奖、全国少数民族文学创作"骏马奖"、全国精神文明建设"五个一工程"奖、内蒙古自治区文学创作"索龙嘎"奖、内蒙古自治区精神文明建设"五个一工程"奖等，为满足人民文化需求、增强人民精神力量做出积极贡献。

伴随习近平总书记代表党和人民的庄严宣告，中国人民踏上了实现第二个百年奋斗目标的新征程。内蒙古大地焕发出前所未有的活力，人民创造历史的伟大实践为文学提供了丰沛的源泉和广阔的天地。讲好内蒙古故事，发出富有影响力和感染力的声音，创作出不负时代、不负人民的优秀作品，这是一个作家的光荣与梦想，也是推动内蒙古文艺蓬勃发展，汇聚建设亮丽内蒙古的精神力量。

"内蒙古文学重点作品创作扶持工程"入选作品，以无数真切的、鲜活的声音，书写着属于这个时代的、有质地的、有温度的内蒙古故事。这些作品从内蒙古脱贫攻坚的现实课题中来，从当代内蒙古的发展进步和人们的精彩生活中来，以体现精神高度、文化内涵和艺术价值相统一的书写，为无数创造历史的人们立传。

破浪前行风正劲，奋楫扬帆正当时。衷心希望内蒙古文学工作者以深邃的历史眼光和宏阔的现实视野，倾听内蒙古从历史走向现在、走向未来的脚步声，创作一批见历史之大势、发时代之先声的优秀作品，展现新时代中国共产党和中国人民再创中华文化新辉煌、书写中华民族新史诗的文化自信和历史雄心；希望内蒙古文学工作者更加珍爱文学、诚实写作，记录内蒙古人民在建设美好内蒙古的奋斗姿态，把新的灵魂、新的梦想注入文学，努力为铿锵内蒙古书写新时代的史诗。

薪火传承，旗帜高扬。在习近平新时代中国特色社会主义思想的指引下，期待内蒙古文学工作者担当使命，以浩瀚的文学弘扬中华优秀传统文化，展示内蒙古文学弦歌不辍、日新又新的文化活力；期待更多的读者在文学世界中感受辽阔大地上的人文情怀，感受内蒙古文学的独特魅力；期待内蒙古文学在中华文学版图上绽放出绚烂的光辉。

内蒙古文联党组书记、主席　冀晓青

在内蒙古自治区这片辽阔的大地上，有阳光的地方就有家，有伟大而永恒的父母之爱。

——题记

目　录

楔 子

1959年，江南一带发生自然灾害，上海福利院挤满了被遗弃的孤儿，他们嗷嗷待哺，随时面临夭折的危险。在国务院总理周恩来、全国妇联主席康克清的关切下，从内蒙古紧急调拨了一批奶粉到上海，可这只是杯水车薪。

送奶粉不成问题，但能维持多久是个问题。时任内蒙古自治区主席的乌兰夫果断决定，把上海的孤儿接到草原来！于是，从1960年到1963年，随着一列列北上的列车，约3000名上海孤儿来到内蒙古，由牧民家庭收养。年仅19岁的都贵玛因缘际会，成了28名上海孤儿的"临时妈妈"。[1]

---

[1] 《〈功勋〉都贵玛：草原母亲　大爱无疆》，央广网，2019年10月14日。

【背景2】

新华社北京9月17日电　　国家主席习近平17日签署主席令，根据十三届全国人大常委会第十三次会议17日下午表决通过的全国人大常委会关于授予国家勋章和国家荣誉称号的决定，授予42人国家勋章、国家荣誉称号。[1]

内蒙古自治区乌兰察布市四子王旗的都贵玛被授予"人民楷模"国家荣誉称号。

在颁授仪式上，都贵玛的颁奖词为：

> 都贵玛，人民楷模，民族团结进步模范的代表，主动收养28名孤儿，精心研习医术，挽救40多位年轻母亲生命，用半个世纪的真情付出诠释了人间大爱。

我是一个"闯入者"，冒冒失失地闯入杜尔伯特草原。

有一种说不出的滋味，既隔膜，又胶着。

一次偶然的机会，我随一个创作组来到内蒙古自治区乌兰察布市四子王旗。对于这片土地，我除了知道它是"神舟家园"外，完全是陌生的，而且也没有想深入的愿望，只想借机了解一下牧区的生活。

那时，还有一件轰动四子王旗的事——都贵玛老人获得了"人民楷模"国家荣誉称号。茶余饭后，人们会自然地说起都贵玛老人。令我好奇的是，很少有人直呼其名，都是以"额吉"称呼，如果需要说她的名字，也是说"都贵玛额吉"。

蒙古语的"额吉"就是我们牙牙学语时便涌在唇边的"妈妈"，那是人之初最美妙的呼唤，也是一生中柔肠百转、醉心牵魂的亲情所系。

在我心里，母亲，是神圣的。

---

[1] 《在庆祝中华人民共和国成立 70 周年之际　国家主席习近平签署主席令　授予 42 人国家勋章和国家荣誉称号》，《人民日报》（2019 年 09 月 18 日 01 版）。

那些日子，"额吉"这个词特别自然地在人们的唇齿间流动，那么亲昵，那么理所当然，没有做作和刻意，虽然他们与都贵玛老人没有一点儿血缘关系。

创作组的人也都被感染得跟着称呼"都贵玛额吉"。

都贵玛额吉的故事，我知道个大概，但也只是大概。

20世纪60年代初的"三千孤儿入内蒙"是新中国载入史册的人间大爱传奇，19岁的都贵玛成为四子王旗接收28名孤儿的保育员之一……

这是报纸上的措辞。我也不过是偶然从报纸上得知此事，留在脑海中的无非是零散的信息。

"抚养28个孤儿，只是额吉奉献人生的第一步。她做的每一件事都可见人性的光辉。"

四子王旗宣传部干部的这句话，激起了我强烈的好奇心。

50多年的时光，半个多世纪的风雨沧桑，有多少人和事都成了过眼云烟，而都贵玛老人却在这片土地上留下了清晰的足迹。

走到今天，还能让这么多人称她为"额吉"，并在言谈之间充满景仰之情，是一件多么不容易的事。

因为关切，所以鲜明。生活中的很多事都是这样，关心得多了，很多信息自然就汇聚而来。

就这样，都贵玛的故事牵引着我一分一寸地向她走近，向这片草原走近……

第一章

光荣时刻

金秋时节，内蒙古高原上的阳光比炎热的夏天更热辣，扑在裸露的肌肤上，出人意料，不可抵挡。用本地人的话说，不能小看"秋老虎"，它比夏天的太阳还凶。

风，却已经很秋天了。它不但已经切换温热的频道，扫来荡去地让你体会凉意，而且还有一点儿终于可以撒欢的任性，刮起来没个分寸。再次来到四子王旗的时候，我的麦黄色卷曲的头发被风吹得乱蓬蓬的，站在那片已经枯黄的草原上，仿佛浑然天成。

我若静止于此，是否会引来一群鸟儿筑巢？

正任由思绪跟着秋风东飘西荡时，一个身材修长的女人出现在我面前。她看上去30来岁，皮肤白皙，眼神灵秀而清澈，说起话来谦和、大方，快人快语。她就是陪同都贵玛老人去北京领奖的工作人员——四子王旗民族事务委员会干部图格拉格。她是我走近的第一位受访者。

"我太幸运了，如果不是额吉，我怎么会如此幸运。虽然我只是一个陪同人员，但是额吉的光荣时刻，还有这一路上的近距离接触，对我也是一次精神的洗礼。"她毫不掩饰自己的激动，真心诚意地为自己高兴。

一

2019年9月29日清晨，北京，碧空如洗。

载着国家勋章和国家荣誉称号获得者的家属及陪同人员的专车先一步驶离住地——京西宾馆。

图格拉格的心仿佛被扑面而来的秋天的阳光清洗了一般，舒爽而通透。几天来的忙碌、紧张，此刻才稍稍有所缓解。

作为陪同都贵玛老人领奖的工作人员，从内蒙古自治区乌兰察布市四子王旗出发的一刻起，图格拉格一直处于高度紧张的状态。对接、协调、翻译乃至饮食起居等各个方面的沟通，以及准确到分钟的日程安排，都是口头传达，她用心记着每一个字，生怕漏掉什么。

"都贵玛额吉获得的是国家荣誉。我能陪同、见证，何其幸运。"这句话她不知道说过多少次，在她的心里，在行程中，在后来很多次的复述中……每一次都郑重其事。

"绝对不能出差错。"这是她暗暗给自己下的命令。

图格拉格把手中的邀请函看了又看，心里暖融融的。

　　去人民大会堂金色大厅观礼，无疑是她 30 出头的人生经历中的一个好事，一次难得的经历。

　　图格拉格转头看了看身边的宝德。

　　宝德正出神地看着窗外，不知道在想些什么。宝德是"国家的孩子"的代表，已经在杜尔伯特草原上扎根，成长为地道的牧民。这次陪同都贵玛额吉来领奖，她的内心一定也是思绪万千。图格拉格猜想着。

　　从宝德昨晚的状态就可见她的兴奋，图格拉格不知道宝德和都贵玛额吉，还有额吉的女儿查干朝鲁聊着什么，一直到深夜。图格拉格回到房间洗漱、休息时，还听得到她们爽朗的笑声。早晨醒来她才发现，宝德姐姐没有回到房间来，而是睡在额吉那边的套间里。

　　都贵玛老人亲切得就像图格拉格的亲人，图格拉格常常会莫名地感到心疼，尤其在老人特别自律、不肯麻烦别人的时候。

　　和宝德、查干朝鲁在一起时，也许是因为刚刚认识，图格拉格总是客气的，带有一些工作关系的分寸感。但宝德、额吉和查干朝鲁在一起时是融洽的，甚至是无话不说的，时时都伴随着笑声。

　　都贵玛老人的话很少，总是很慈爱地看着宝德和查干朝鲁说笑。

　　宝德特别爱笑，笑得特别爽朗，那笑声不由得让你受到感染，好像这样笑过，心里就豁然敞开了一扇大门，清风拂面，美好的一切都涌进来，即便有一些不如意或者难过的事，也会被笑声震荡散去。她和活泼的查干朝鲁在一起聊天时常常会笑得前仰后合，甚至笑出眼泪，而让她们笑起来的话题，也许只是一只调皮的小羊羔。

　　宝德化了淡妆，盘起了头发，穿上一身墨绿色的蒙古袍，又佩戴了一条亮晶晶的长链。

　　图格拉格站在一旁看着宝德，不禁有些恍惚。这件蒙古袍穿在她的身上很合适，这身装扮透着优雅。

对，就是优雅。宝德的皮肤常年被草原的风吹得黝黑，岁月在她的脸上留下沧桑的痕迹。可是这一刻，她雅致的气质却仿佛从骨子里焕发出来。

她没有打扰宝德的沉思。"能独自想想心事，是非常难得的。"她笑着说。说别人，更像说自己。

此行，图格拉格能来，属意料之外。

起初，作为四子王旗民族事务委员会的工作人员，她的工作任务是在内蒙古自治区人力资源和社会保障厅表彰办与都贵玛老人之间做协调工作，填写表格、沟通行程以及做领奖前的准备工作等。临近出发时，她才知道要陪同老人去北京参加颁奖仪式。

图格拉格并没有想很多，陪都贵玛老人去领奖，她是非常愿意的。她把此行当作一项光荣的工作任务，只想着尽心尽力照顾好老人，做好一切协调工作。用四子王旗委宣传部部长段雅丽的话说："都贵玛额吉是咱们的宝贝，不能有一点儿闪失。"

在十来天的沟通工作中，图格拉格体会到各方事无巨细的关怀。中央负责接待的同志特别细心地询问老人的身体状况，饮食是否需要特别准备，还有什么要求……

都贵玛老人的回答简单、明确："没有，我怎么都可以，一切听组织的安排。"她甚至担心坐飞机去北京的花费太高，浪费国家的钱。图格拉格向联络的同志转述都贵玛老人的话："老人说，坐火车就可以，又不是没坐过火车。上次就是坐火车去的，挺好的。"

联络的同志感慨道："从一件小事上就能感受到老人的高风亮节。"

长安街上，安静而空阔，没有往日不间断的车流。图格拉格知道，在她们出发之后，国家勋章和国家荣誉称号获得者将乘坐礼宾车出发，由国宾护卫队护送前往人民大会堂。

在人民大会堂东门外，高擎红旗的礼兵分列道路两侧，肩枪礼兵在台阶上庄严伫立，少年儿童手捧鲜花等待着。

"那是著名主持人吗，宝德姐姐？"

"可不就是呢。还有这么多欢迎的队伍，好隆重啊！"

这份隆重，让她俩都不由得心跳加速起来。

进入人民大会堂，图格拉格和宝德忍不住边走边小声议论着，兴奋得语速也快了起来，好像有很多话争先恐后地要从心里跳出来。

"我想到了这个颁授仪式规格很高，但没想到会这么高，这么隆重！"事后，图格拉格不止一次地说。

人民大会堂金色大厅的气氛热烈、庄重，在巨幅红色背景板上，共和国勋章、友谊勋章及国家荣誉称号奖章图案熠熠生辉。

背景板前，18面鲜艳夺目的五星红旗分列两侧，18名英姿飒爽的解放军仪仗队礼兵在授勋台两侧持枪伫立。

受邀观礼的人们陆续进入会场。图格拉格和宝德找到自己的座位时，再次感慨自己的幸运——她们的座位在观众区第五排的中间位置，观礼视线特别好。

9时58分，音乐响起，金色大厅左侧的大门缓缓打开。习近平总书记同国家勋章和国家荣誉称号获得者步入会场。

全场起立，响起潮水般的掌声。

那道门仿佛打开了图格拉格和宝德情感的闸门，她们不由得眼眶湿润。

她们热切地找寻着都贵玛老人的身影。

看到了，看到了！都贵玛老人在女儿的搀扶下走在一行人中。

图格拉格翘首注视着都贵玛老人的身影。

她看到老人落座后环视四周，还不时从衣襟处掏出白色手帕，擦拭着额头。

她不由得有些担心。老人特别容易出汗，她担心老人因为激动或者气温高而血压上升，登台时身体出现不适。

前日，中央办公厅负责接待的同志问都贵玛老人参加颁授仪式时是否需要轮椅。老人拒绝了，说："我自己能走，我还要给大家鞠个躬。党的政策让牧区的生活大变样，我们的日子好过了，吃上了纯净水，也修了路了……"说的时候，她笑了，笑得像小女孩一样无邪。

那一刻，图格拉格突然有些感动，感动于都贵玛老人真诚地和接待的同志说着家乡的变化。那种油然而生的自豪感和满足感，是她从来没有切身体会过的。她也是在牧区长大的，为什么从来没有想过这些呢？

图格拉格和都贵玛老人认识有几年了。几年前，有关都贵玛老人获得"全国民族团结进步模范"荣誉时的各种材料、表格，就是她和老人沟通的，但她从没有和老人深谈过，也没有深入地接触和了解。这一次的亲密陪伴，老人的言行举止总是在不经意间让她有一种说不出却一直萦绕心头的感动。

> 都贵玛，人民楷模，民族团结进步模范的代表，主动收养28名孤儿，精心研习医术，挽救40多位年轻母亲生命，用半个世纪的真情付出诠释了人间大爱。

颁奖词响起的时候，都贵玛老人在女儿查干朝鲁的搀扶下走上台。快走到习近平总书记身边的时候，查干朝鲁松开了搀扶的手。

都贵玛老人稳稳地走向习近平总书记。

习近平总书记为都贵玛老人戴上国家荣誉称号奖章。

都贵玛老人向所有人鞠躬后，缓步向台下走去。金质奖章在她天蓝色蒙古袍的映衬下特别醒目。

图格拉格的眼睛就像一台摄像机，瞄准都贵玛老人的每一个动作，直至查干朝鲁将老人送回座位，她才放下心来，却不由得再次泪湿眼眶。

都贵玛老人曾遭遇一场车祸，脊椎受过严重的伤。图格拉格知道，这短短的一段路走起来，老人需要多么大的勇气和顽强的毅力。

除了走路之外，她还担心老人的血压。昨夜，不知道为什么，老人的血压突然升高，吓坏了每天来检查的保健医生。医生急忙送上降压药，可是老人婉言谢绝了。她说，她知道自己的身体，睡一个好觉就会正常的。果然，今晨再量血压，一切正常。老人一再地为让身边的人担忧而感到不安。

颁授仪式结束后，图格拉格和宝德先行回到京西宾馆。

她们激动的心情像潮水一般，一波又一波地在心底涌动。此刻，她们急切地盼望见到都贵玛额吉，好像有很多话要对她说。

"我有特别多的问题想问额吉，我想知道她所有的故事，我想把我的所见所闻告诉所有人。"图格拉格说，"我甚至特别渴望了解四子王旗的历史，了解那些已经年过半百的'国家的孩子'的成长历程……总之，我好像突然爱上四子王旗这个地方了！"

"以前不爱吗？"

"也不是不爱，是根本就没想过爱或者不爱这个问题，换句话说，就是没有了解四子王旗的欲望。那种感觉怎么说呢？我在这里工作、生活，仅此而已。"

图格拉格是内蒙古鄂尔多斯人，对牧区生活并不陌生。或许就是应了那句话：熟悉的地方没有风景。考大学那年，她在填报志愿时，选择了新疆。

年轻的时候，人们总想着走出去，走得越远越好。在走得足够远的时候，回过头来遥望家乡，才明白乡愁的滋味。

巧的是，在她乡愁满怀无以寄托的时候，在大学的老乡会里遇见了自己的另一半，而他正是四子王旗人。毕业后，她自然而然地回到了内蒙古，嫁到四子王旗，并考进四子王旗民族事务委员会工作。

都贵玛老人出现在宾馆大厅的一刻，那么醒目。不知道是心情的缘故，还是奖章的映衬，图格拉格感觉老人变年轻了，精神矍铄。

她们快步迎上去，抱住都贵玛额吉。图格拉格的双眼再次因湿润而模糊。额吉轻轻地拍了拍她的肩背，她不好意思地抹了一下眼泪。

拥抱时，她隐约感觉到都贵玛老人的身体姿势有微微的疏离感，以为老人身体不舒服。

"额吉，您挺好的吧？是不是累了？"

"没事，挺好的，挺好的。"

宝德走上前和都贵玛老人拥抱，图格拉格注意到都贵玛老人的身体也微微向后，她突然明白，那是老人下意识的动作，是怕挤到那枚奖章。

"我给大家鞠躬了……"都贵玛老人笑着说。

"我们看到了，额吉，我们都可激动了！"

服务人员把轮椅推过来，他们簇拥着都贵玛老人回到房间。

"额吉，我们想看看您的奖章。"

"好啊。"都贵玛老人把奖章小心翼翼地摘下来，却犹豫着不知道该放到哪里，"查干朝鲁，那个盒子呢？"

查干朝鲁马上把奖章专用的锦盒拿过来，都贵玛老人仔细地把奖章放进去。

图格拉格和宝德马上围过来看。

"不能总是用手摸，容易不好了……"都贵玛老人解释为什么不能拿出来让大家捧在手里观赏。

"是呢，看的时候应该戴上手套。"图格拉格说。

"叮咚，叮咚"，门铃响起来。查干朝鲁打开房门，两名服务人员走进来。

"老人家，我们给您送一副手套，方便观赏奖章的时候戴。"服务人员说。

"你们想得真周到啊，谢谢，谢谢。"都贵玛老人表示感谢。

"直播我们都看了，您真了不起。我们能和您照张相吗？"

都贵玛老人应承着，又招呼孩子们："来，照相，都来。"

他们一起挤在长条沙发上，两名服务人员分别坐在沙发两侧宽大的扶手上，留下了一张珍贵的合影。

图格拉格、宝德和查干朝鲁争先恐后地说着今天的见闻，每句话里都仿佛沾着快乐的水花，轻盈地向空气中飞溅着。

都贵玛老人站在锦盒前，出神地看着奖章。

然后，轻轻地盖上锦盒。

二

夜深了，都贵玛老人还没有困意。

图格拉格和宝德回房间休息了。女儿安顿好母亲，也在外间歇下了。

这一天是紧张的。都贵玛老人的大脑中不断回放着当天的画面，仿若梦中所遇一般，感觉有些不真实。

一大早，天还没亮，图格拉格就起来向她一再叮嘱当天的行程：几点出发，坐几号车，几点到达人民大会堂……

每一句，她都记在心里了，但她还是愿意听图格拉格一遍又一遍重复。她是真的怕疏忽了什么，忘了什么。

都贵玛明白图格拉格为什么这样紧张、认真。

从四子王旗出发到呼和浩特，再到北京，都贵玛没想到会那么"兴师动众"。负责接待的工作人员事无巨细的安排和周到的服务，使她明显感觉到这次领奖和以往任何一次领奖或者参加活动都不一样，尤其是得知习近平总书记要亲自颁授奖章，她的心情如何能平静呢？

"图格拉格，见到习总书记，我说点什么呢？"

"额吉，我看日程安排得那么紧张，而且时间都规划到几点几分，估计没有多少时间说话。"

"我就说，牧区现在的日子好过了，有了纯净水，还修了特别好走的路……我还要给习总书记和大家鞠躬，是国家的好政策让牧区变样了，牧民过上了好日子。"

她想说的还有很多，牧民的生活变化、神舟飞船在四子王旗降落……最重要的是，那些"国家的孩子"都长大成人了，很多已经三代同堂。生活在牧区的，淳朴勤劳，没有一户贫困户；生活在镇上的，都在各自的岗位上踏实地做人做事……几十年来，她是眼见着日子变好的，每一点变化她都深有体会，那些"国家的孩子"，她更是一直放在心上。

走出宾馆，走进人民大会堂，这段路程对都贵玛而言是漫长的。

国宾护卫队开道，与国家主席一同步入会场，这种礼遇让都贵玛感到既温暖又激动。她一再平复激动的情绪，她要以最好的状态登上领奖台。

听到她的名字在广播中响起时，查干朝鲁搀扶着她走上台，走向习近平总书记。

这段路并不长，但是对都贵玛来说，还是有些吃力。车祸后遗症导致她的背部僵直，腰和腿都有些不听使唤。大概是太专注于走好这段路了，以至于在报出她的名字后还有一长串的话都没有听清楚，她就已经走到了习近平总书记的面前。

习近平总书记向她——一个普通的牧民伸出热情的手，为她戴上"人民楷模"奖章。

她想向习近平总书记问好，可是由于激动，"赛音拜努"这个词就在她的唇齿之间流连，却没有发出声来。

她挪动身子，面向观众，习近平总书记轻轻地搀扶着她，留下了珍贵的合影。

之后，她郑重地鞠躬致谢。那一躬，便是千言万语。

都贵玛老人轻轻下床，打开灯，幽暗的房间顿时被灯光填满。

她打开锦盒，金质奖章在顶灯的映照下发出柔和的光。她戴上手套，小心翼翼地拿起奖章，再三回味着图格拉格给她复述的现场颁奖词。颁奖词虽然简短，但已经高度概括了她几十年的生活、工作，她心底的感动如一圈圈涟漪一样扩散开来。

"我只是做了该做的事，党和国家却一直记得我。"

她知道，这沉甸甸的奖章的分量，不仅仅是来自国家的褒奖，更是来自内蒙古自治区的辽阔大地上每一位接纳了"国家的孩子"的母亲。

新华社记者采访的时候，问她获得"人民楷模"荣誉称号的感受。她说："非常惊喜，没想到自己一个牧民，非常普通，也没有做多么伟大的事，却获得了这么高的荣誉，感谢党，感谢国家！"

她是真诚的。

"叮"，手机消息提示音响了一下。在寂静的暗夜中，像一枚石子投进水里。

都贵玛老人拿起手机，一条消息跳出来："额吉，我来北京了。明天我想过去看看您，方便吗？您住在哪个宾馆？"

这是锡林郭勒盟的一个"国家的孩子"。

"好，好，你来吧，我明天让图格拉格告诉你地方。估计得先问问宾馆，看看方不方便会客。"

"好的，额吉，明天联系，打扰您休息了。"

都贵玛老人看了看手机上的时间，已经11点多了，习惯了10点前就入睡的她却还是没有困意。

她和这个"国家的孩子"来往并不多，甚至记不清他的样子。他们是在前几年"国家的孩子"聚会时认识的。

那时，有些孩子她是第一次见到，并不在她带过的28个孩子之内。即便是她带过的孩子，她也无法一一认出。她和他们在一起的时候，他们不过是一两岁的孩子，她也只是19岁的女孩。如今，他们都已年过半百，她再怎么端详，也难以和当年那些瘦弱的娃娃联系起来。

但是，他们在她的眼里都是那么亲切，毕竟他们中的一些人她抱过、疼过、喂养过，每一个孩子都像自己的亲人。她看他们的眼神，和看女儿查干朝鲁没有什么区别。

几十年不见，他们都各自长大，成家立业，儿孙满堂。她既感叹时光的流逝，又欣慰于他们安居乐业。

这也是她虽然有些犹豫，但还是无法拒绝这个"国家的孩子"来看望她的原因。无论是从他们叫她一声"额吉"的角度，还是她不会慢待来访朋友的角度，她都不会拒绝。

"额吉，祝贺您！"

"额吉，我们都看直播了，太激动了！"

"额吉，您回来时，我们为您接风！"

她翻看着手机，听着孩子们陆续发来的消息，每一句话都带着亲情的温度。

都贵玛年轻的时候曾羞于他们叫自己"额吉"，但是随着年龄的增长，随着近年来"国家的孩子"陆续回到她身边，这种亲情的温度在她的心里不断升温，他们激活了她的记忆，让她再次感受到他们的爱。

都贵玛老人曾多次前往北京，领"中国十大杰出母亲"奖，到中央电视台做节目……虽然她没有好好看看首都，但是每一次她的心里都是安定的，都会为离天安门很近、为在祖国的"心脏"停留而开心。

第一次来北京的时候，中央电视台《欢乐中国行》节目组安排参加节目的都贵玛和"国家的孩子"们逛逛北京的景点。她对很多景点没有多少兴趣，所以没有跟着他们走，而是去了天安门广场。

曾几何时，北京是她无限向往的地方，天安门是她最想去的地方。

那一天，站在天安门广场上，她的心中涌起情感的波涛。

生在旧社会，长在红旗下。用这句老话形容都贵玛的人生再恰当不过了。

1942年，都贵玛出生在杜尔伯特草原；7岁那年，中华人民共和国成立，她在"东方红，太阳升""从草原来到天安门广场"的歌声中长大。

在都贵玛这一代人的心里，燃烧着对党和国家最炽热、最深沉的爱。他们梦里都会梦到天安门，那是一个神圣的地方，是新中国的太阳升起的地方，是他们最渴望到达的地方。

命运真是奇妙，她怎么也没有想到，在老年的时候会多次来到这里，尤其是这次，来领国家荣誉奖章。她还将登上天安门城楼观看阅兵式，这是她做梦都没有想过的事。

三

2019年10月1日，天刚放亮，都贵玛老人就起床了。

天安门广场将隆重举行庆祝中华人民共和国成立70周年大会。国家勋章和国家荣誉称号获得者受邀在天安门城楼上观礼。

都贵玛先把水倒进电水壶里，开始烧水。

尽管她的动作很轻，睡在外间的女儿还是听到了母亲的动静，起来帮母亲把带来的馃子、炒米、奶油和茶都放好，开始准备早茶。

多年的习惯了，早上不喝奶茶，就好像没有吃早餐一样。

几天来，虽然京西宾馆准备了丰盛的早餐，都贵玛老人却坚持吃自己带来的食品。这些奶制品吃进胃里，不只是会饱，更是一种熨帖，好像会安慰辘辘饥肠，让人满足和踏实。

早餐吃完，女儿帮她穿上那件特意为领奖做的天蓝色的蒙古袍，把橘红色的围巾围裹在头上，并扎好橘红色的腰带。

一切准备妥当，都贵玛老人独自坐上观礼的专车。

今天不用陪同，查干朝鲁、图格拉格和宝德都留在宾馆，等待观看庆祝中华人民共和国成立70周年大会现场直播。

上午9时57分，在欢快的乐曲声中，习近平等党和国家领导人来到天安门城楼主席台，向广场观礼台上的各界代表挥手致意。全场爆发出雷鸣般的掌声。

天安门广场上的大型电子屏幕中出现了钟摆的画面。1949、1959、1969……2019，随着钟摆，年份数字依次显现。报时钟声响起，10时整，庆祝大会开始。

全体起立，70响礼炮响彻云霄，国旗护卫队官兵护卫着五星红旗，迈着铿锵有力的步伐从人民英雄纪念碑行进至广场北侧的升旗区。中国人民解放军联合军乐团奏响雄壮的《义勇军进行曲》，全场齐声高唱中华人民共和国国歌，鲜艳夺目的五星红旗冉冉升起，在天安门广场上空迎风飘扬。[1]

…………

[1] 《庆祝中华人民共和国成立70周年大会隆重举行　天安门广场举行盛大阅兵和群众游行　习近平发表重要讲话并检阅受阅部队》，新华社，2019年10月1日。

阅兵式开始了。

每一首歌响起的时候，查干朝鲁、图格拉格和宝德都忍不住跟着唱，以至于到直播结束，嗓子都唱哑了。

"好像不唱，就没办法表达激动的心情。"宝德说，"老乡群的兄弟姐妹们在群里也不停说着、唱着。"

宝德说的"老乡群的兄弟姐妹"，就是和她一样的"国家的孩子"。他们自从相认之后，都互称老乡或兄弟姐妹，成为没有血缘关系的亲人。

宝德说，七八岁的时候就知道自己上海孤儿的身份了，那时候大队里来了很多知青，他们告诉她的。一个在幸福家庭长大的孩子，听到别人说她是抱来的、不是爸妈亲生的，她根本就不相信。

"阿爸额吉对我那么好，怎么可能不是亲生的呢？要不是亲生的，他们为什么对我那么好？他们听我这么一说，都不知道怎么回答，就那么看着我。后来，一个大哥哥说：'你就是个傻丫头，你这么想也对。'"宝德说着咯咯咯地笑起来。

宝德接着说："父母都去世了，和我一样从上海来的兄弟姐妹们也联络起来了，重新提起这件事，才知道一些当时的情况。是党和国家给了我一条命，把我带到阿爸额吉身边，他们对我就像对待亲生的一样，我真是他们宠大的。"

宝德的父母亲只有一个孩子，怎么能不把她当成掌上明珠一样宠着呢？

宝德对自己是"国家的孩子"这一身份很坦然，但是她不愿意被称作"孤儿"，也不愿意把养大自己的父母称为"养父养母"。

"我们都是有父母的，都是在有爱的家庭里长大的。"她认真地说，说完爽朗地笑了。

阅兵式结束，群众游行开始了。

彩车、花海、人潮在音乐声中汹涌，那份欢乐让宝德心绪难平。此刻，她想起自己的阿爸额吉，想起了很多小时候的事，这欢庆的气氛仿佛是一个巨大的背景，往事如电影般在脑海中徐徐上映。

宝德的父亲伊希焦来是二十世纪三四十年代参加革命的老八路，中华人民共和国成立后退伍回到牧区。用伊希焦来的话说："如果我识字、有文化，早就留在部队或者去城里工作了。"参加革命十多年，在炮火中摸爬滚打，在部队里历练，终于迎来了新中国的成立，他心里那团为革命点燃的熊熊之火还在，还想为国家的建设多做贡献。回到家乡，他就主动担任了公社的民兵连长。

伊希焦来从小离开牧区，再回到牧区时发现很多活计都变得陌生了。他不得不重新学着参加牧业生产，放羊、修圈、养马……好在妻子若丽玛是牧业生产的一把好手。

那时候是集体经济，牲畜都是公社的，他们承担放牧工作挣工分。谁家的马养得好，谁家的羊产羔存活率高，谁家的工分就挣得多。

阿爸是好骑手，更有好枪法，阿爸战斗的故事三天三夜也讲不完……在宝德的心里，这些都是顶顶自豪的。

在宝德的眼里，阿爸额吉就是自己的天，他们给她快乐成长的阳光、雨露，给她所有的爱。

在伊希焦来和若丽玛夫妇眼中，宝德是上天赐给他们的宝贝。

"不识字、没文化"是伊希焦来人生的遗憾，到女儿这里，头等大事就是送她去念书。很多牧区孩子都会晚一两年上学，因为学校大都在几十公里之外，一上学就需要住宿，大人怕孩子太小照顾不了自己。伊希焦来和若丽玛却早早就给宝德做好了上学的准备，在她8岁时就送她去上学了。

对第一次离家的孩子来说，住宿的生活是难熬的。白天上课，跑起来、玩起来，只要是有事做，就忘了想家；但到晚上，宝德会因为想家而难以入睡，想额吉的怀抱，想家里的小羊羔，想她攒的羊骨头玩具，想着想着，实在累了困了就睡着了。

世上所有父母和孩子分离后难熬的时光，父母亲的情感总比孩子更强烈，除了想念，还多了很多担心。宝德想，可惜自己年少的时候并不知道父母的苦心，直到结婚有了自己的孩子，才明白阿爸额吉为什么总会以各种借口出现在学校附近。

学校在大庙附近，离家不算远。有时，阿爸去大队、公社办事或开会，总要骑马到学校绕一绕，赶上孩子上课就偷偷看看。

"我看看有没有人欺负我的宝贝姑娘。"宝德现在想起阿爸的语气，心里都是暖的。

阿爸是那种粗线条的人，话不多，性格倔强。阿爸的党性、原则性都挺强，民兵连长做得有板有眼，尽职尽责。

在宝德的心里，额吉是柔和的、明快的，总是那么勤快、利落，爱唱歌，好像什么都难不倒她。

学校里养着两只羊，都是家长顶学费送过来的。这两只羊就由高年级的同学轮流到后山坡去放。

小学五年级的时候，同学们想帮老师干点活儿，就合力把羊放倒，学着大人剪羊毛。宝德不小心划破了手指，出了不少血。

老师带着宝德到医生家里缝了3针。宝德疼得钻心，却还嘱咐同学们别告诉她的阿爸额吉，省得他们担心。

不巧的是，若丽玛到公社买粮油，还在供销社买了1角钱的水果糖，高高兴兴地到学校看女儿。她一眼就看到女儿受伤的手指，急哭了，马上就要拉着宝德回家。

"流了那么多血，得吃多少好东西才能补回来呢。你跟额吉回家，家里还留着羊肉呢，额吉给你补补。"

"没事的，额吉，一点儿都不疼了，就破了一点儿，你不信问我们老师。真没事。等我放假回家，肯定全好了，你一点儿也看不出是哪根手指受伤了。"

"真的不疼了吗？"

"当然了，不信你捏捏。"她拉着额吉的手往受伤的手指上凑。

额吉轻轻地拍了一下她的手背，甩开她的手，说："这个傻丫头，净逞能了。你可得小心，别沾水。"

阿爸平日里忙自己的一摊事，家里的事全是额吉一个人打理。不管多累多难，宝德没见过额吉抱怨，甚至都没有表露过负面情绪。但是，在宝德身上，额吉却经常表现出胆小和"一惊一乍"的样子。

额吉爱笑，干活儿的时候总是哼着歌，还爱和家里的羊、马和小狗，甚至是草原上的地鼠说话，像哄孩子一样。有时候，额吉也训不听话、不好好吃草的羊。要是母羊下了小羊羔却不认它，额吉不但哄着羊妈妈，还给它唱歌，一直唱到它喂自己的孩子。额吉从来没有训过宝德，更没有打过她。宝德想着额吉的样子，不觉笑了起来。

额吉唱过的歌，宝德会唱的不多，但那支劝奶歌的旋律时常会出现在她的脑海里，可是每次唱出来就不成调儿了。

后来，她与"老乡"聚会时，听莎仁其其格唱的歌里有额吉唱过的歌，由此觉得莎仁其其格特别亲近。那些歌经莎仁其其格演唱，总有辽远、绵长的味道，那味道里有着淡淡的忧伤。

"忧伤"这个词，宝德是从知青老师那里知道的。

她特别喜欢和知青老师待在一起。知青老师教他们写字，给他们讲天津的样子，讲天津大麻花和天桥上的把式，还讲保尔·柯察金和冬妮娅，讲很多书本上没有的故事。

他们没什么可给知青老师讲的，这片草场以及牧区的生活一览无余，他们对知青老师的喜欢和崇拜也袒露无余。

她给知青老师唱过额吉唱过的劝奶歌。知青老师听后叹了一口气，说："这首歌太忧伤了。"

"忧伤？什么是忧伤？"

"忧伤……就是特别想家却回不去，想哭又哭不出来，还有……你们还小着呢，长大就懂了。"

宝德没说话，心里却想，睡觉的时候这首歌总跑到脑子里，我也是想回家，想额吉了。

"好啦，我们还是来唱一首新歌吧。"知青老师带着他们唱起刚刚学会的一首歌。

> 蓝蓝的天上白云飘
> 白云下面马儿跑
> 挥动鞭儿向四方
> 百鸟齐飞翔
>
> 要是有人来问我
> 这是什么地方
> 我就骄傲地告诉他
> 这是我的家乡
>
> 毛主席啊共产党
> 哺育我们成长
> 草原上升起不落的太阳

知青老师带着他们唱歌，也教了他们很多新歌，因为老师有一个神奇的东西——收音机，里面会放很多歌，还有很多新闻。有时候，知情老师会放一段广播给他们听，他们把小脑袋凑到一起，看着那个黑匣子发出声音，有男有女，既说话又唱歌，神奇得不得了。

每到假期，宝德和同学们走十几公里路回家，一路上边走边玩，天很黑了才能到家。

额吉每次见她回来，都会里里外外忙个不停。

炉子上的奶茶滚着，蒸腾的热气一会儿就飘满了整个蒙古包。她不知道那些蒸气是怎么飘散的，但是奶茶的香味却留在空气中。每次一进家门，她总要深深吸气，好像要把奶茶的味道都吸进身体里。

"馋了吧？"额吉一边添火，一边笑她，"马上就好了，自己盛着喝吧。"

额吉又端出亲手做的奶酪、奶豆腐，还不忘拿出攒的水果糖块，递到女儿的手中。

"上次去买面的时候买的，着急回来就没给你送过去。结果这两天老做梦，梦见你生病了没有人管，正担心你，想去看看，你倒是回来了。"

"我在学校一直都没生过病……那个特别爱哭的娜仁花前几天又咳嗽了，哎呀，咳嗽得可厉害了，晚上我们都睡不好觉……"

"哎呀，我的宝德没有生病，谢天谢地。以后可不敢一个人这么晚回来，出事了怎么办……谢天谢地，我的孩子好好地回来了……"

额吉的担心并不是凭空的，那个年代，山里有狼，也有鹿和盘羊，宝德都见过。

"很多事我都忘了，可是第一次看到羊被狼祸害的惨状，我一辈子都忘不了。"

阿爸和额吉帮着部队养羊，在那一年农历腊月二十八的夜里，狼进了羊圈，咬死了两只羊。其他的羊吓得东躲西窜，结果互相挤压，压死了十几只。

　　第二天，宝德起来去看时，吓坏了。她第一次看到那种血腥场面，心都是抖的。她想，只是看到了残局都吓坏了，若是看到狼，该多害怕呢？恐怕就不是不敢看，而是吓得腿软，动也不敢动了。

　　"我得把这个坏家伙找出来，看我非逮到它不可。"阿爸气鼓鼓地收拾一片混乱的羊圈，恨不得马上就抓到那只狼，说着，突然叹了一口气，"不知道该怎么给人家部队交代，人家把羊交给咱们养了，这一祸害损失了十几只羊。"

　　"这可咋办呀？得赔给人家吧？"额吉也跟着叹气。

　　十几只羊是不小的数目呢，她家里赔不起。

　　部队来人了，说："狼作怪，怨不得你们。"没让宝德家赔。阿爸感激不已，于是更精心地养羊。

　　这件事可把宝德吓得不轻。放假回家，或者出去玩儿，她总得喊上几个伴儿，害怕哪天真的遇见狼。

　　在打狼这件事上，阿爸这个民兵连长的作用得到了充分的发挥，他的枪法和组织围猎的本领也显露无遗。每次队里组织打狼，都是阿爸积极带头。

　　一次，宝德和同学们从学校回来，正赶上大队里的叔叔大爷们刚刚打了一只狼，开大车拉着往队里送。

　　孩子们欢呼着跑过去看热闹。宝德第一次看到狼，狼身上的血让她的脑海里不断地浮现家里那两只被咬死的羊。她有点不敢近前，也不敢直视。

　　胆子大的孩子都围过去，有的还拿着小棍子往那只死狼的身上戳。每戳一下，宝德的心都会不自觉地揪一下，她甚至害怕它会突然跳起来。

　　"孩子们快回家去吧。天快黑了，别贪玩了。"大队干部说。

　　阿爸骑着马和叔叔们说笑着，相约去喝酒庆祝。看到女儿远远地缩着肩看着那只死狼，他知道她有些害怕，于是赶紧来把她抱到马上，冲着伙伴们说："你们先把狼处理了，我把宝德送回去。"

　　阿爸上马，一只胳膊揽着缰绳，另一只胳膊护着宝德，打马向家走。

"我的宝德害怕了吗？"

"阿爸，你不害怕吗？"

"不怕，你忘了，阿爸可是打过仗的。"

"阿爸，你是英雄吗？"

"阿爸是战士。战士勇敢冲锋，狼就没处跑。"

宝德觉得阿爸真勇敢，在她心里，阿爸就是英雄，是很厉害的英雄。

"额吉就你一个宝贝，可不敢有病有灾的，呸呸，看我都说了些什么，我的孩子比牛犊子都壮，那些牛奶都没白喝。"若丽玛的心思还停留在那个梦上，忍不住又说了起来。

宝德特别爱听额吉近乎自言自语的唠叨，她每次都是一边把奶酪嚼得香香的，一边跟着额吉出出进进，小嘴也不停地说着学校里的新鲜事。

"新来的老师是知青，爱和我们一起玩，她懂得可多了。她还有一个叫收音机的匣子，可以出声，能唱歌、说故事，可神奇了……"

"额吉，孤儿是什么意思？"

"嗯……孤儿就是没有阿爸额吉，"额吉慈爱地看着她，"就是没有人心疼的孩子。"

"为什么知青说我是孤儿？"

"你很小很小的时候是从很远很远的上海来的……"

"可是我有阿爸额吉呀……"宝德的小眼睛里写满了困惑。

"你是国家送给我们的宝贝。"

"那我就不算孤儿。"

"不算，不算，阿爸额吉疼你呢。宝德永远都是阿爸额吉的宝贝。"

宝德的话勾起了若丽玛的回忆。她想起宝德小时候的样子，瘦瘦的，白白的，头发少得很，但是眼睛亮亮的。去保育院领养孩子的那天，由于孩子太多，若丽玛和丈夫有点不知道该选哪个了。他们一遍一遍环视着孩子们，觉得哪个都很可爱，每看一遍，都能看到宝德坐在最里面，一直看着她。看到若丽玛盯着她看，她的嘴角翘了起来，眼睛笑得弯弯的，像湛蓝夜空中的那一弯新月，那黑黑的深不见底的眼珠，把若丽玛的心看化了。

她慢慢走过去，宝德竟然向她张开了小手。她激动得快哭了，拉了一下伊希焦来的衣袖，说："你看，这个孩子就是我的孩子，是老天给我们送来的孩子。"

都贵玛把宝德抱给她的时候，她没想到小家伙那么轻、那么小，她当时就像捧着瓷器宝贝一样捧着孩子。

那一幕，若丽玛一直都记得，就像多少年来，宝德都记得额吉说这些话时，满身暖融融的感觉。

宝德知道自己是从上海来的，却从来没有过和阿爸额吉生分的感觉，半点都没有。"上海孤儿"在她的心里，只是一个说法而已。

四

"姐姐，你没想过要找上海的父母吗？"图格拉格小心翼翼的问话打断了宝德的回忆。

"不找了。我们在草原上生活大半辈子，就是内蒙古人了。"宝德说，"在这里长的，就是这里的人。你说，我们多幸运，国家把我们送到杜尔伯特草原，把一个个瘦弱多病的小孩子从死亡线上救下来，阿爸额吉又把我们抚养成人，日子都过得挺好的。60年了，国家还没忘了我们，今天还让我代表兄弟姐妹们来陪额吉领奖，哪能不感恩呢？"

图格拉格抽出一张纸递给宝德，两个人都擦着激动的泪花。

"也给我一张纸巾。"查干朝鲁用手推了推宝德，"我看得也激动了，多年没这么激动了。咱们国家太了不起了！你说部队的人咋就能走那么齐呢？像被尺子比着走似的，齐整整的。"

"就是，就是。太激动了！"

"你们看到额吉了吗？"

"哪那么容易看到呢，人山人海的。"

突然，在一闪而过的镜头中，图格拉格发现了额吉的身影。

"你看你看，那不是额吉吗？"

"哪里哪里，我咋没看到？"

他们恨不得把头挤进电视里。图格拉格笑着说："镜头都晃过去了，反正我看到了，就在城楼上，第二排，汉白玉栏杆后面。"

都贵玛老人乘坐的专车就要回到宾馆了，图格拉格接到通知便招呼着她们一起下楼迎接额吉。

一见到额吉，她们明显感觉到额吉有些疲惫。

"额吉，天安门城楼那么高，您腰腿不方便，是怎么上去的啊？"

这是图格拉格一直担心的。

"我扶着栏杆，慢慢地一步一步走上去的。一起上去的人，也搭照我呢。"

"那么高，累坏了吧？"宝德心疼地问。

"没事的，多高我也得上去。"

"在电视机前，我们好几次都感动得热泪盈眶。额吉，现场更震撼吧？"

"震撼，震撼！一辈子都忘不了！"都贵玛老人说，"生活在这个时代幸福啊。"

"额吉，你手里拿着什么？"

图格拉格看到老人活动不便的那只手一直握着拳。

她托起老人的手，在老人的指缝里有一张折叠起来的小饼干的独立包装纸，已经被汗水浸泡得皱了。

"他们递给我的一块小饼干，有点饿，就吃了。"

"包装纸怎么还带回来了？"

"没有地方放，也没看到垃圾桶。"

"您身后不是有服务人员吗？给他们，或者放到桌子上就行吧。"

"那多麻烦人，我拿着回来再扔就行了，不碍事的。"

图格拉格没再说什么，心想，额吉就是这样的人，自律、文明，特别怕麻烦别人。在任何时候，她都处处为别人考虑，把自己的需求降到最低。图格拉格心里对额吉又多了一分敬重。她把这张小小的包装纸铺展开，几个小时汗水的浸泡，图案都有些花了。她把包装纸放到钱夹里，没舍得扔掉。

后来，图格拉格对很多人讲过这件事。她觉得，虽然事很小，但是额吉在她的心里是高大的。

"还有那天那个'国家的孩子'来看望额吉的事，我也特别感动。其实，额吉可以拒绝他来宾馆探望，可是她不会。她想的是，他从内蒙古来到北京，知道自己在这里，想来看看，她不能让他失望着回去。"图格拉格说，"你知道吗？额吉就是不忍心让别人失望，只要能做到，她都会尽最大努力去做，怎么麻烦她都不在乎的。"

"这就是源自心底的、设身处地为他人着想的善良。那个人来见额吉有什么事吗？"

"也没有具体的事，就是因为爱戴、崇拜额吉，想来看看她，其实也挺单纯的。听说他来宾馆会很费周折，额吉特别不忍心，可是他执意过来。因为这一带戒严，他绕了很远的路，打车花了100多元钱。"

"那么远过来聊什么？就说崇拜她？"我觉得有些不可思议。

"不会啊，他们就简单地聊了一会儿，牧场啊，牛羊啊，子女啊，就是这些。"图格拉格说，"我们牧区人不会把崇拜什么的说出来，他们在一起就是特别平常地聊天，而且话很少。"

我虽然生活在内蒙古，但对牧区生活了解得太少了。在接下来的走近和采访中，我一再因"不懂"而感到尴尬。好在人生没有白走的路，我在走近都贵玛老人以及她周围的人的时候，越来越喜欢亲近他们，了解他们。

第二章

时光印记

呼号的风卷着雪，一阵紧似一阵，刮在脸上，又冷又硬。弥漫的风雪在旷野中拉起帷幔，看不清路，也辨不清方向，马的脚步迟疑，不由得在风雪中打转。

脸和手几乎都没有了知觉，她轻轻拍了拍绑在胸前的孩子，好像要确定她在。这时听到一个声音，她低下头看了看，怀里是一只刚刚出生的羊羔，冲她咩地叫了一声……

一急，都贵玛老人醒了，再无一点睡意。

她看了看手机，凌晨3点。

起床还太早，她怕一动，女儿就会醒。女儿从小睡眠就轻，虽然现在好了很多，但不知道是母女连心，还是对额吉的举动敏感，只要额吉一有动静，她就会醒来。

躺在床上，都贵玛老人的脑海中不断闪现刚才那个梦的片段。像这样抱着孩子迷路的梦，她不知道做了多少回，每次都会急醒。

常言道，日有所思，夜有所梦。她心想，自己也没有想过这样的事啊，怎么老能梦到呢？难道是很多年前的记忆刻骨铭心？也许是最近一段时间各种媒体的采访强化了几十年的生活轨迹，尤其是1961年的那段往事。

虽然和"上海娃娃"只在一起生活了9个多月，但这段时光却种下了永远的牵挂。

一

"那一年，我刚刚19岁。"

"刚刚"这个词一从脑海中蹦出来，都贵玛老人的嘴角就浮现了笑意。是的，相比78岁，19岁太年轻了，年轻得让她觉得好像是另外一个人。

19岁，正是人生最美的年华。

在最美的年华遇见最美的事物，应该是每个人的愿望吧。

那一年，都贵玛遇见了28个"上海娃娃"，她觉得那是她的运气，好运气。

那一年，"上海娃娃"改变了命运，她也由此改变了人生的走向。

她清楚地记得，1961年春末的一天，她一边放羊，一边和钢·特木尔练歌。不久之前，她和几个小伙伴响应公社的号召组成了一个文艺宣传组，闲时就会到牧户家或者牧人放羊的地方演唱。

钢·特木尔的四胡声在辽阔的草原上响起，琴声飘远，再飘远，在风中显得飘忽不定。

北京的金山上光芒照四方

毛主席就是那金色的太阳

多么温暖多么慈祥

把我们农奴的心儿照亮

我们迈步走在

社会主义幸福的大道上

…………

都贵玛一字一句地随着琴声唱，声音如脚下刚刚长起来的青草一般生机勃勃。

远处，一个人骑着马过来，见到他们勒住了缰绳。

"都贵玛，大队书记让你去一趟，有事找你。"

"什么事？"

"他没说，你快去吧，好像还挺着急。"

来人说完打马远去。

"特木尔，你帮姐姐看着羊群，我去一趟。"

都贵玛骑马赶到大队，原来是大队推选她去做保育员，照顾从上海来的孤儿。

"你念过书，又是咱们大队的共青团员，觉悟高，干活儿利落，我们觉得你最适合去照顾他们。"

都贵玛一脸茫然地站着，不知道该说什么。

大队书记又说："他们都是孤儿，到咱们这里奔生路来了。"

这句话一下子就钻进都贵玛的心里去了。

转念一想，要照顾一群孩子，她的心里不免发慌。

"可我也不会照顾小孩子呀。"

"不会不要紧，你可以慢慢学，还有20多天的时间呢。你马上收拾一下去旗里培训。”大队书记说，“照顾这些孤儿，是党交给我们的一项重要任务。周总理和乌兰夫主席都特别重视，可不敢有一点闪失。”

都贵玛还想说些什么，但听大队书记郑重地强调这是"重要任务"，便痛快地答应了。她想，只要有信心、肯出力，就一定能做好。

20多天的培训，都贵玛学得特别认真。怎么给小孩子喂奶、喂饭，怎么安排孩子们的起居，怎么发现孩子生病以及如何进行简单的医护……她在笔记本上记得满满当当的。每天晚上回到宿舍后还要温习，生怕漏掉哪个步骤。有些没掌握的或不懂的地方，就去问培训的老师。

"这些孩子在没有被牧民领养之前，你们就是他们的临时额吉，对他们要有耐心，最重要的是要有额吉一样的爱心。"

老师一边说，一边拿着布娃娃示范怎么给小孩子换尿布。

都贵玛学着老师的样子，想象不出自己当额吉会是什么样的，对小孩子的耐心和爱心又该怎么体现呢？

紧张而忙碌的准备工作基本就绪，孩子们的新衣服、饼干、奶粉、药品、被褥和尿布等一应俱全。

都贵玛跟着公社干部到呼和浩特市接"上海娃娃"，她第一眼看到他们的时候，心不由得一紧。28个孩子，大的五六岁，小的才两三个月，还在襁褓中，2岁到4岁的居多。有的孩子都三四岁了，还走不了路。

这些孩子看上去那么瘦小、柔弱，而且好像都病恹恹的，发育不良。有的孩子脑袋大，脖子细；有的头发稀疏，还长着结了痂的疮；有的有大肚子病，皮包骨头……

28个孩子来到四子王旗临时辟出的保育院，原本宽敞的房间一下子拥挤起来。

都贵玛从来没见过这么多孩子。在牧区生活，邻里之间最近也相距三四公里。站在杜尔伯特草原上，目光所及都是草原、坡地，偶尔能遇见一两个牧人，还有缓缓移动的羊群、马群和牛群。有时候，小孩子搭伴玩耍，但最多也就五六个人。

这么多孩子聚集在这里，让都贵玛感到手足无措。

来到一个陌生的环境，孩子们虽然不哭不闹，但都是瑟缩着，挤坐在墙边，看人们来来往往地忙碌着。对环境稍稍熟悉了，有个别胆子稍大的孩子才下地走动，有的在床上爬来爬去。

都贵玛感觉自己的眼睛都有点不够使了，看着这个的时候，那个爬到了床沿上，刚把那个放到床上，会走的孩子已经试探着出了门……

这时，都贵玛发现，在培训中学习的技能是有条理的，先做什么，后做什么，按部就班，但现在面对这么多孩子，那些条理全部失效了。都贵玛的脑子里像炸开了一团烟雾，不知从哪里下手。

迎接孩子们回家后，都贵玛想给孩子们换上新衣服，但这件事就难住了她。

她拿起一件小衣服，对着一个两三个月大的婴儿比了半天，想把孩子的衣服脱下再换新衣服，可是试了几次都无从下手。她从来没有想过，小孩子会这么小、这么软，好像一碰就能碰坏，她害怕弄疼了他。

这时，小家伙突然哭了起来。别看他小得像只小猫，嗓门却格外响亮，都贵玛吓得脸都红了，汗也从脑门上冒出来。

哭声是有传染力的。小家伙的一声啼哭好像一声号角，很多小孩子都哭起来了。那哭声有高有低，有粗有细，互相缠绕着，像一个巨大的声音球在房间里滚动。不一会儿，整个空间都充满了哭声，连一点儿空隙都没有，挤压得都贵玛也快哭了。

她托起这个，又拍拍那个，但哪个也安抚不住。

"托娅姐，我也没怎么着啊，他怎么就哭了？是不是我碰坏他哪儿了？"

托娅是和都贵玛一同被选来做保育员的人。她生育过孩子，有些照顾孩子的经验。听都贵玛喊，她急忙过来。

"放心吧，小孩子是碰不坏的。就这样，轻轻地……"她抱起孩子，拍着、哄着，"小家伙不哭啊，来到这里，你们都会有阿爸额吉心疼，都会长得跟牛犊子一样壮实。"

都贵玛看着托娅的样子，心里涌上一股暖流。这就是培训老师说的"额吉的爱心和耐心"吧。

她也学着托娅的样子抱起孩子，轻轻地拍着、哄着。"咱们换了衣服，吃得饱饱的，再睡一觉，就开始新的生活了。"她心里这样对孩子们说着，却无论如何也发不出声来。

都贵玛动作轻柔地给孩子们换衣服，虽然还不够自然，但她好像不再害怕那些柔软的小身体了。相反，碰到他们嫩嫩的肌肤时，她的心里会产生一种莫名的怜爱，尤其是触碰他们因为瘦而特别明显的小骨头时，她的心里都会有心疼的感觉。

都贵玛的脑海里闪过"心疼"这个词的时候，想起了额吉的抚摸。

她已经想不起额吉的模样，很多次闭上眼睛试图回忆额吉的脸庞，却总是感觉隔着什么，看不清。可是，额吉的手轻轻抚摸她的头顶、后背的感觉，那种令人愉悦甚至微微眩晕的幸福感，一直都在她心里藏着。

她不知道额吉抚摸她的时候在想什么，也很难描述额吉的爱是什么样的，但是她知道被额吉抚爱是幸福的，是她迷恋的，那是她长到这么大，一直残存在内心的与"母爱"相关的一点点暖光。

从那以后，她尝试用额吉抚摸自己的方式去抚摸孩子们。她发现这一招很好使，有的孩子晚上不睡觉，她就轻轻摩挲着孩子的头顶，小家伙一会儿就睡着了。

二

都说童年是美好的，都贵玛老人的童年却不堪回首。很多时候，她不愿意回忆自己的童年，那是她一辈子挥之不去的苦难记忆。

"出现勾云便有雨，出现孤寡就有苦。"都贵玛比谁都知道孤儿的苦。她说："真正打动我的就是大队书记说的那句'他们都是孤儿，到咱们这里奔生路来了'。没有父母没有家的孩子最可怜，最渴望人疼爱。"

1942年4月8日，都贵玛出生在四子王旗脑木更苏木宝日花嘎查西面的额乐布格河畔，是朝龙格力格扎木苏和浩日勒的独生女儿。

"1945年，抗日战争刚刚结束，新中国还没有成立，社会动荡，家家日子都不好过。那一年，我还不大记事，我的父亲不幸去世，剩下我和母亲相依为命。

"家里没有顶梁柱，日子过得更难了，就是一天一天熬日子。我的母亲是特别要强的人。虽然她有哮喘病，身体也不太好，但她爱笑，不管多累多苦，从来不抱怨。

"五六岁的时候，我就能记住一些事，也懂得心疼母亲了。我每天跟在瘦弱的母亲身后，学着她的样子挤奶、放羊、捡牛粪。有时候母亲忙不过来，我就一个人去放羊，反正没几只羊，我就和羊一起玩儿。虽然我也帮不上多少忙，可是我想我多做一点，母亲就能少做一点。

"有一次突然下起了一阵大雨，我赶紧钻到羊的肚子下面。羊好像知道要保护我似的，都挤在一起帮我挡雨，但那也把我浇透了。已经上秋了，雨都是凉的。母亲急得不行，披着羊皮袄出来找我。她把我裹在皮袄里抱回家，结果她也被雨浇透了。晚上，我们两个都发起烧来。我觉得冷得不行，钻到羊皮袄下面还打寒战，母亲也钻进来抱着我。

"那时候，牧区一片荒凉，没有人可以看病，得了病就靠自身体质来抗。母亲给我熬苦水喝，还给我喝热热的奶茶，两三天我的病就好了。可是从那时开始，母亲的病更重了，老是咳嗽，咳嗽得厉害时，脸都憋得通红。

"没法想象当时那种暗无天日的日子，母亲带着我是怎么熬过来的。很多事我都不记得了，每天晚上母亲抱着我睡觉，给我讲故事，还唱歌，那是我最幸福的时刻。我从小就特别怕天黑，但因为有母亲在，就什么也不怕了。每天晚上不管多冷，都能在母亲温暖的怀抱里睡得香甜。"

可是，她没想到的是，这种温暖是那么短暂。

"有妈的孩子像块宝，没妈的孩子像棵草。不是有这么一首歌吗？只有草，才知道草的滋味。我的母亲有哮喘病，可是我太小了，根本不懂得那是什么，更想不到有一天，这个病会把母亲带走。"

7岁那年，患有哮喘病的母亲突然离世，都贵玛成了孤儿。

那时，她还不能完全懂得死亡的含义，但是她明白，母亲走了，她再也没有母亲了。

那是都贵玛生命中最寒冷、最孤单的一年。

每个夜晚都成了醒着的噩梦。

无风的夜晚，寂静像会吐丝的虫子，一根一根地围拢她，缠绕她。

她害怕极了，眼泪扑簌簌地流，却不敢发出一点儿声音。

漆黑沉静的夜晚，任何一点响声，都会被放大一千倍一万倍。

有风的夜晚，狂野的风声就像一头怪兽在破旧的蒙古包外四处奔突。她守着炉火静静地听着，草叶摇摆的声音，云朵匆匆走过的声音，远处偶尔飘来的犬吠的声音，门外帘子随风摆动的声音……

夜太长了，长得她等了太久也等不到太阳升起。

白天，她靠着帮邻居做活获得一点儿吃的。邻居时常接济她，偶尔也把她领回家去热热乎乎地和家人吃顿饭。她端着热乎乎的奶茶，不知道心里有多贪恋一家人在一起的感觉。

可是，那不是她的家，她已经没有家了。

不管哪个乡亲给她送些炒米、肉干，她都认真记住他们的样子，希望将来能报答他们。

转场的时候，邻居们还像她母亲活着的时候一样，带上她一起走，不忍心丢下她一个人。

就这样，一年多的时光，都贵玛就在草原上过着饥一顿饱一顿的孤苦生活。她心底只有一个盼望，就是哪一天舅舅能知道她成了孤儿，接她回家……

都贵玛老人微微低着头，看着餐桌上一张折叠得小而方正的纸巾，慢慢地说着，手指轻轻点着那张纸巾，一下，两下……这个动作一直合着她讲述的语速，好像在为她的回忆做注解。

让一位老人回忆她不幸的童年，把已经愈合的伤疤重新掀开，我觉得有些残忍。不知道那些痛是不是还鲜明如昨？那些痛是否会随着她轻点着纸巾的指尖流出来呢？

1949年10月1日，中华人民共和国成立。举国欢腾，欢乐的波涛传遍中华大地的每一个角落。

尽管四子王旗地处偏远，牧区交通不便，消息闭塞，但消息还是从盟里传到旗里，再传到公社、大队。

这个好消息，都贵玛是随着邻居们迁往冬营盘的时候知道的。

"中华人民共和国成立了，伟大的毛主席在天安门城楼宣布的。"哈扎布叔叔说，"好日子到来了，孩子们。"

都贵玛听人们说过"毛主席是大救星"，但究竟是怎样一个救星，她就不知道了。她从叔叔阿姨们兴奋的样子中感受到这是一件大好事。

"好日子是什么样的？我们天天都能吃上肉、吃上糖了吗？"哈扎布的儿子巴特尔问。

"好日子就是想要什么就有什么，每个人家都有很多羊，很多马和牛，还有……对，你们这些小馋猫爱吃的糖。"

"我现在就想吃。"

"现在可没有，咱们到了冬营盘扎起包，给你们煮香香的奶茶。"哈扎布扭头看了妻子一眼，"奶茶里放一点点糖，甜甜的，给儿子喝。"

都贵玛坐在勒勒车上听着父子俩的对话，羡慕着。

她想，阿爸如果在，一定也是这样和她说着话，然后给她喝放了糖的甜甜的奶茶。她好像已经闻到了奶茶的香味。

大队干部骑着马追上他们。他听到了他们的对话，对都贵玛说："小都贵玛，还有一个好消息，你要不要听呢？"

巴特尔从都贵玛身边站起着抢着喊："要听，要听！"

都贵玛想压住巴特尔的声音，也喊起来："要听，叔叔你快说！"

"公社帮你找到舅舅了，他很快就来接你。"

"真的吗？"都贵玛喜出望外地看着大队干部，高兴得心都快蹦出来了。

"唉，这算什么好消息。"巴特尔坐下说，"都贵玛，你是要走了吗？"

"我要去舅舅家了。"

"我不想让你去，你走了就没有人和我玩了。"

巴特尔的母亲摸着他的脸，说："都贵玛也要有自己的家，有阿爸额吉疼她、照顾她嘛。有时间她会回来和你一起玩的。"

"那是她的舅舅，不是她的阿爸额吉。"

是的，那不是阿爸额吉，那里也不是自己的家，可是她再也不用过那种吃不上、穿不上、整夜害怕的日子了。

都贵玛感到特别轻松、畅快，心里有很多很多话想说，却不知道从何说起。

她望着一望无际的金黄色的草原，轻轻地唱起了额吉生前唱过的那首歌。

> 请珍惜那清澈的蓝天
> 总会被缭绕的雾气遮掩
> 请怜爱你年高的父母
> 终会消失在岁月的长河中
> 请珍惜那皎洁的银月
> 总会收起它散发的光亮
>
> 请安抚和劝慰那悲伤的心
> 请擦拭和怜爱那落泪的眼睛
> 人生在世只有一次
> 请拥抱生活，珍爱这个世界

舅舅格力格佳木苏、舅妈阿嘎达嘎给了都贵玛一个家。

这个家在都贵玛的心中十分珍贵，她每天都抢着帮舅舅舅妈干活，懂事得让人心疼。

一天晚上，天黑得很沉，新月像一条亮亮的铁丝弯在天边。

都贵玛钻到被窝里，睁着小眼睛看着舅妈找出一块布料比着都贵玛的衣服剪裁着。舅妈要给她做一件新衣服，那是舅妈带她去公社买炒米、白面的时候给她选的一块布料，是她喜欢的蓝色，像天空一样蓝。

舅妈说，做一件新衣服，送她去上学。

"舅妈，我不上学，我在家里帮你干活儿。"

"那哪行？得上学。新社会了，会识文断字才能有出息。"

"出息是什么？"

"出息就是……懂得很多东西……能为国家做贡献。"舅妈说，"你额吉要是在，也一定送你去念书。有文化，肯定比我们都强。你看公社的兽医，那个就是念书学会的本事。"

"那给人看病的本事从哪儿学呢？我长大以后学给人看病的本事。"都贵玛认真地说。

从那天起，她一直盼着舅妈给她做这件新衣服。这时，看着舅妈终于动工了，心里估摸着快去念书了。

舅舅安顿好牲畜，回来了。

舅妈说："下半年该送都贵玛去念书了，正好和咱们色登佳木苏搭个伴儿。"

"不知道……钱够不够……"

"别想够不够的，总会有办法。"

"就是。"舅舅往炉子里添了些牛粪，"她念书识字，咱也对得起妹妹了。"

"唉，可怜的孩子，不知道心里多想阿爸额吉呢……"

都贵玛闭着眼睛，侧身躺着，一字一句地听着，不知不觉，眼泪流了下来。

念书的日子是开心的。她从书本上看到了外面的世界。

放羊的时候，她曾望着辽阔无垠的草原想过，世界是不是都是草场？草原有尽头吗？如果有，那么尽头又是什么样？从书本里，从报刊上，都贵玛认识了与自己的生活完全不同的世界。

每个假期，都贵玛从学校回来都要和舅妈说很多学校的事。

"中国那么大，舅妈，有几百几千个草场那么大，有960多万平方公里。有长江、黄河……

"毛主席特别伟大！扎拉桑当德尔老师说，没有毛主席和共产党，咱们就不可能过上好日子。

"我是少先队员了。我还参加了学校的打草劳动，同学们比赛看谁打得多，我的速度最快了，可是总量不如男同学打得多。"

她嘴里不停地说，手也不停地做活儿。牧区的活计，没有能难住她的，她身上仿佛有使不完的劲儿。那是她感激舅舅舅妈的方式，她要从生活中的一点一滴开始报答他们。

读书的6年是都贵玛最快乐的时光，她像一棵沙漠中的小苗，尽情地吮吸着知识的泉水，滋养着她的心灵。她不知道念书之后能做什么，但她觉得上学之后，更有干劲儿和目标了。

6年后，家里出了变故，舅妈卧病在床。都贵玛毅然辞学回家，帮助舅舅料理家务，照顾舅妈。

"家里这些活计，我一个人应付得来，你应该继续念书。"舅舅望着她，心有不忍地说。

"舅舅，你是家里的顶梁柱，也不能太劳累了。"都贵玛笃定地说，"现在家里正是需要我的时候。再说不上学也不等于不学习了，以后我还会自学的。你没看吗？很多能人都是自学成才。"

说这些话的时候，她好像再次夯实了决心，离校时内心涌动的那些遗憾，此刻烟消云散。

"喝水不能忘了源头，受恩不能忘了恩人"，在她的心里，舅舅舅妈就是给了她家庭温暖的恩人。她以16岁的肩，承担起一个家庭女人该做的活计。她和哥哥色登佳木苏一起帮助舅舅支撑着这个家。

6年的学校生活，她已经非常知足了。6年中她所吸收的营养，让她一生受用不尽。正如她所说，后来的几十年，她一直都享受着学习的快乐。

三

天刚亮，都贵玛就起来了。

她的睡眠质量很好，每一次哪怕只睡5分钟，也会像充电了一般，醒来就神清气爽。

自从孩子们来了之后，都贵玛夜里都没有脱衣睡过一个囫囵觉。她变得对所有的声响都特别敏感，孩子们只要发出一点声音，她就能听到。

她往炉子里添了一些牛粪，又从外面的井里打来水，倒入锅里。

托娅把奶粉、饼干分别放在孩子们专用的小碗、小盘子里，等着水开，给孩子们准备早饭。

让孩子们好好吃饭，成了都贵玛和托娅最累的活儿。她们要给几个小一点儿的孩子冲奶粉、泡饼干，一个一个喂不说，经常是正喂着这个孩子喝奶，那个孩子却尿了裤子；这个孩子吃上了，没吃上的那个就会哭闹不停；大一点儿的孩子虽然自己能吃饭，但也会弄翻了碗碟……一顿饭下来，她们总是忙出一身汗。

除了孩子们睡着之后，她们很难有一个相对固定的时间吃饭。所以，她俩的三餐常常被挤压到临近中午和午夜时分，而且总是吃得急火火的，嘴上吃着，眼睛盯着孩子们，心思都不在吃饭上。

为了孩子们能及时吃饭，她们把不能自己吃饭的孩子和能自己吃饭的孩子分开，把小一点儿的孩子吃奶和饼干的时间提前一些。

早晨，她们早早地把水烧开，沏好奶粉，凉到合适的温度就喂给小点儿的孩子；然后给大点儿的孩子沏奶粉，泡饼干，看着他们吃；还有不大会吃饭的孩子，她们就手把手地教。

一大锅水烧开需要一些时间。

都贵玛把油灯拨亮一些，开始给几个大孩子缝补衣服。

孩子们的衣服既容易脏，又容易破，准备的两身新衣服完全不够换的。都贵玛和托娅把孩子们穿来的旧衣服也都浆洗干净，给孩子们替换着穿。

每天上午和晚上，都贵玛和托娅都要洗一大盆衣服、裤子，有的小被子、褥子沾上了屎尿，也得及时拆洗。

她们要让每个孩子都穿得干干净净、清清爽爽的，不能让孩子们受一点儿委屈。

孩子们多半都没有名字。听接孩子们来内蒙古的工作人员说，上海的孤儿院收养他们的时候，身份信息也少得可怜。只有少数孩子的小衣服上缝着布条，或者包孩子的小被子里放一张小纸条，上面写着孩子的名字、出生日期，有的只有出生日期。都贵玛从这些少得不能再少的信息里知道了小宇、小梅、香菊和阿全的名字。有的孩子什么信息都没有，小豆丁和阿毛就是这样的孩子。

虽然他们很快就会被牧民家庭领养，可一点儿原生家庭的信息也没有，都贵玛还是觉得有些惆怅。

都贵玛看过那些留在孩子身边的字迹，无法想象他们的父母是怀着怎样的不舍和难过，一笔一画地写下这些歪歪扭扭的字。每个字都饱含深切的盼望：希望孩子能遇到好心人活下来，希望孩子带着自己的生辰被收养、被善待……

两岁的阿全扭动着身子，似醒非醒。都贵玛停下手中的活计，抬头看过去，知道他是想尿了。她忙走过去，从被窝里轻轻地抱起他，怕他着凉，随手把他的小衣服盖在他戴着肚兜的鼓鼓的小肚子上，然后"嘘"着让他撒尿。

小家伙尿完还没有醒，都贵玛想把他再放回被窝里，但他的两只小胳膊围住了她的脖子，靠在她的胸前睡着了。都贵玛使了使劲儿想让他放开，却被他抱得更紧了，一只小手在她的身上摸索着，口中喃喃着"妈妈"。都贵玛听到他叫"妈妈"，脸又不由得红了，好像有什么正在烤着她的脸颊。

孩子们都管都贵玛和托娅叫阿姨，只有阿全这个小家伙，好几次都不由自主地对着都贵玛喊妈妈，而且晚上总是要都贵玛抱着睡。

母亲去世后，都贵玛已经习惯一个人睡，突然要搂着一个小孩子睡觉，怎么都觉得别扭。可是阿全喃喃的呼唤，让她不忍心拒绝。她想，他一定是还没有断奶的时候就离开了妈妈，他所有的记忆都是妈妈温暖的怀抱吧。她不由得心疼起来，在心里默默念叨着：可怜的孩子，妈妈也不知道在不在了，孩子不知道多想妈妈呢，又不会说话，心里多难受啊。

都贵玛侧身躺下，阿全急切地向她靠近，钻到她的怀里，头枕着她的胳膊才安稳下来。她试图像母亲搂着自己睡觉那样搂着阿全，可是明显感觉自己的姿势很僵硬。她调整了一下，一只手撑着头，像母亲哄自己睡觉一样，另一只手摩挲着他的头顶，轻轻地哼起了歌谣。后来，都贵玛就一直搂着他睡，他一动，她就轻轻地拍。在都贵玛的怀抱里，阿全睡得安稳而香甜。

炉子上的水开了，蒸气顶着壶盖，噗噜噗噜地响着，好像急不可耐地要从壶里钻出来。都贵玛把睡熟的阿全放好，下床把烧开的水灌到暖水瓶中。

太阳已经跳出地平线，碧绿的草野像铺了一大块暖暖的光毯。

都贵玛和托娅把昨晚洗好的衣服和裤子一件一件地晾出去。

向着太阳，都贵玛站了一会儿。

"你在看什么？"

"看太阳，我特别喜欢初升的太阳，总是让人充满希望。"

托娅也站在都贵玛身边看着，她们的剪影投在蒙古包上，影子上的头巾飘动着，生动而美好。

醒得最早的是最小的孩子小豆丁。

小豆丁很少哭，他瘦小而柔弱，都贵玛对他就多了一些疼爱。小豆丁感受着这个温暖而有力的怀抱，他的眼神总跟着都贵玛移动，嘴里还时不时发出"哦""啊"的声音，好像在说着什么。都贵玛每次摸他的小手，他都会用他的小手握住她的一根手指。这个时候，都贵玛总觉得自己与他有着千丝万缕的联系，却又说不出那些丝缕是什么。

"原来人出生之后，这么柔弱无助啊。"她对托娅感慨道，"小小的生命，需要阿爸额吉的呵护、养育，就像小羊羔、小牛犊，一出生就寻找着额吉的奶。"

"是啊，一个婴儿健康长大可不容易呢。万物生灵都是这样的，在刚刚出生的时候，最弱小，最需要爱。"

"很难想象我们小时候就是这样的啊。吃饱了就睡，什么都不懂，什么都不记得。"

"小时候哪记得住呢。"

"不过这些孩子记不得倒不是坏事。一想到他们曾经都是没有阿爸额吉疼爱、不知道该怎么活下来的孩子，我就特别心疼。"

"他们是幸运的，没有国家的安排，他们怎么能从那么远的上海来到咱们这里。"

"还是共产党好，社会主义好，一个好的国家，才会对孤儿这么好。"

之前培训的时候，都贵玛对这些孤儿的情况已经有了一个细致的了解：

上海、江苏、浙江、安徽等地因为灾害、饥荒及疾病，出现了很多孤儿，上海的孤儿院收养了很多孩子。

为使这些失去父母的孩子存活下来，国家想到了内蒙古。

内蒙古虽然也处于困难时期，但还是给上海运送了大批奶粉，救助那些孤儿。然而，支援奶粉只是权宜之计，孤儿越来越多，需要一个妥善的解决办法。

时任内蒙古自治区党委书记、政府主席的乌兰夫说："把孤儿们接到内蒙古来，由牧民收养。草原上的人们都爱孩子，一定会把孤儿们抚养长大。"

那时，内蒙古人民的生活也不富裕，但为国家分忧解难，却没有半点犹豫。内蒙古自治区党委、政府紧急部署，划拨100万元专款，由内蒙古卫生厅牵头，从接运、安置、吃住、照料到医疗等都做了细致入微的安排。第一个会议是在1959年末，由内蒙古自治区组织召开的卫生系统四级干部会议，其中最重要的一项议程就是讨论"从南方接一部分孩子过来"事宜，涉及由哪个部门牵头、孩子接回来如何抚养等问题。春节过后的另一次全体会议，下达了任务："这是'国家的责任'，内蒙古各族人民愿意主动担起这份责任。我们'接一个、活一个、壮一个'。"

"接一个、活一个、壮一个"，这是内蒙古这片土地对国家的郑重承诺。

刚到草原来的孩子，几乎每个都有这样那样的毛病，加上水土不服，一到牧民家里就喝奶吃肉，身体不适应。内蒙古自治区党委为此迅速调整了接收方案，在全区各盟市建立了保育院，在各盟市下面的旗县也相应建立了多家保育站。先将身体不好的孩子放在保育院（保育站）休养、治愈，等孩子健康并且适应环境后再交给牧民抚养；对极少数残疾孤儿，决定先放到幼儿园指定专人抚养。

在培训中，旗领导讲到国家对这些孤儿的关怀和重视，讲到在国务院总理周恩来和内蒙古自治区党委书记、政府主席乌兰夫亲自安排下，孩子们乘专列来到内蒙古的时候，都贵玛热泪盈眶，心潮起伏：这是多么好的国家，对每一个弱小的生命都不放弃，他们，包括她自己，虽然是孤儿，但是并不孤单，是有人关心和爱护的。

大队选派她来照顾这些"国家的孩子"，她觉得特别幸运，特别光荣。都贵玛暗暗下决心：一定不辜负党组织交给她的这项光荣而艰巨的任务。一定把孩子们都照看好，养得壮壮的，再送到牧人的毡房里，让孩子们在父母的怀抱里，在兄弟姐妹的手足之情里，享受家庭和亲情的幸福。

"阿姨，小宇拉臭臭了，好臭啊。"

在一旁吃饭的阿毛指着身边一岁左右的孩子，用手掩着口鼻说。

都贵玛正在给吃过早饭的孩子们喂水，一听到阿毛的喊声就赶紧走过来。"拉臭臭当然臭啦。"她看着阿毛，笑着说。

都贵玛拿来一沓卫生纸，抽开孩子垫着的褯子，先用卫生纸把孩子擦干净，再把一块干净的褯子垫到孩子的屁股下面。她又拿起有屎尿的褯子看了看，放在鼻子下闻了闻，说："小宇有点上火了，得加点小儿胖得生了。"

"阿姨，你怎么还闻小宇的臭臭啊？多脏啊。"阿毛问道。

都贵玛笑着说："阿姨不嫌脏。"

都贵玛刚刚接手照顾这些孩子时，面对他们的屎尿，心里是不舒服的。她很为自己不自觉的生理反应感到羞愧和不安，但是她无法控制自己。

孩子们刚来的时候，因为水土不服，几乎每个孩子都拉肚子，经常是几个甚至十几个孩子一起大便，屋子里的气味可想而知，浓重的味道让她感到憋闷。最初几天，她几乎一刻不停地处理着孩子们的屎尿，便在便盆里的还好说，有的小孩子来不及找便盆或去外面，就拉尿在床上，能蹭一身。她看到那种情形时，胃里翻腾得厉害。

她翻来覆去地对自己说：小孩子懂什么呢？就是因为他们不能照顾自己，需要人照顾，才来到这里的。照顾他们是我的工作，是党交给我的工作任务。难道我是因为嫌弃他们才感到反胃吗？不是，我喜欢这些孩子，看他们如看待自己，谁会不爱自己呢？

她虽然不能容忍自己的反应，可也明白这是一种正常现象。她想，必须尽快想办法克服这种不自觉的生理反应。

每当孩子们拉尿的时候，都贵玛都抢在托娅前面马上进行处理，她控制自己尽量不去想，把注意力都集中在做活儿上。换衣裤、换床单、晾晒被褥、给孩子们擦洗屁股……都贵玛每天累得头晕眼花，渐渐地，她发现自己已经没有那种反胃的感觉了。她还开始运用书本里的知识来观察他们的大小便情况，从而判断孩子们的身体状况。

都贵玛有空时就翻那本育儿书。薄薄的小册子，里面的每一段话都能用在照顾孩子上，她觉得太有用了。她也是从那本书里学到通过孩子的粪便来辨别他们身体状况的方法。

都贵玛有一个小本子，记录着孩子们的身体状况、她的工作情况以及医生的叮嘱。

> 昨天，孩子们接种疫苗，有的孩子出现发热的情况，医生说是正常反应，可以用毛巾冷敷。井里的水还是太冰了，怕孩子们受不了，改为温水泡毛巾。

> 小梅总流清鼻涕，可能是着凉了，也可能是接种疫苗后的反应，需观察、喂药，预防症状加重。

> 小豆丁今天吐奶了。他对鲜牛奶仍不适应，加了辅食也不行，还是改喂奶粉。

> 小宇，大便5次，粪便的臭味加重，粪便中有泡沫，应适当减少奶量或将奶冲得稀一些。亮亮的大便里面好像有奶油，应该给他多吃点蔬菜，少吃点肉。

> 今天午饭，苹果不够分，给孩子们都切成了小块的。答应给过生日

的阿毛一个大苹果，等下午运水果和粮食的车来了，补给他。

领导说，我们每周的饮食及日用品等用量上报有不周全的，需要预估出一两天，提前想到可能出现的情况，保证供应充足。

小豆丁晚上睡觉不踏实，总是哭醒。医生说小豆丁缺钙。补一段时间后已经有点安稳了，得问问医生是继续补钙，还是可以停一停。

都贵玛随时观察，随时记录。孩子太多了，有些情况如果不及时记录下来，很容易忙着忙着就忘了。有这样的记录，都贵玛的工作做得有条不紊。

托娅去旗里送保育院这段时间的物品消耗清单，再给孩子们补充一些婴幼儿用的消化药和感冒药。孩子们普遍肠胃不好，消化药是必不可少的。

都贵玛一个人收拾着午餐的碗碟，阿毛跟在她的身后，问："阿姨，我们什么时候回家？"

"回家？你是说去牧区的家吗？"

"不是，是回我自己的家。"

都贵玛一时不知道该怎么回答。

她想说，那个家你再也回不去了，可是她觉得这句话特别残忍。

"你告诉阿姨，你是怎么到孤儿院的？你还记得吗？"

"妈妈和哥哥坐车带我出来，说是给我找一个有饭吃的地方。走了很远的路，然后到了一个街上，妈妈说让我站在那里等车接我，就有饭吃了，还有很多好吃的。"

"那你就听话地等着了？"

"妈妈说，等我吃完好吃的就来接我。"阿毛眼睛含着泪，哽咽了。

都贵玛蹲下来，把阿毛抱在怀里。阿毛扭着身子挣脱了，抹了一下眼泪，说："我妈妈不会骗我的。那个拉车的老爷爷把我放在车上时，我还看到妈妈就在街角等着我呢。"

只有五六岁的阿毛如何能想到，那是此生看妈妈的最后一眼。

都贵玛摸着阿毛的头，慈爱地说："好孩子，过段时间会有一个妈妈来接你的。她会和你妈妈一样疼爱你。"

"我想要我自己的妈妈。"阿毛低着头说，"我被带到这里了，我妈妈找不到我可怎么办？"阿毛的眼泪像断线的珠子一样落下来。

都贵玛不知道对一个五六岁的孩子该怎么说，只是轻轻地拍着阿毛的后背，说："可怜的小阿毛，我们都会像你妈妈一样疼爱你的。以后这里会有你的家，有你的阿爸额吉……"

都贵玛知道自己的话并没有打消阿毛的疑虑。她想，对于不能承受的一切，就交给时间吧，等他长大就会明白了。

时间会慢慢磨蚀、消解所有的痛苦，这一点，她深有体会。

第三章

温情相伴

一阵手机铃声，扎拉嘎木吉从午睡中醒来。

"哎，扎拉嘎木吉，你怎么样啊？还住院呢吗？"都贵玛老人的声音从手机里传过来。

扎拉嘎木吉睡意散去，急切地用双手捧着手机，说："额吉，您回来了？身体好吗？一路上顺利吧？我没事了，就是血压高，三高呗。孩子们非得让我多住几天，我马上就出院呀。"

"出院着什么急，有病就得好好看。"

"哎呀，额吉，医院太麻烦了，天天打针，还不让吃肉。"

"好好住院，治好了病，有的是时间吃肉，不急。"

"好，好，不急。我出院后去看您。"

挂了电话，扎拉嘎木吉马上就给女儿打电话，吵着要出院。

都贵玛额吉去北京领奖本来想让他陪着去，可是他心脏不舒服住院了，没能跟着她去北京，他感觉很遗憾。他天天唠叨女儿，叮嘱她等额吉一回来就告诉他，他要去看额吉。没想到，额吉先给他打电话了。

女儿拗不过他，向医生咨询了父亲的病情，开了常用药，记下了平时生活中要注意的事项，就给他办了出院手续。

一

在扎拉嘎木吉的心中，都贵玛额吉就是他的主心骨。

这么多年，他已经习惯了，有事没事都要到额吉家里溜达溜达，哪怕坐上一小会儿，他的心里都是舒畅的。家里的大事小情，他也都愿意和额吉说说，好像和额吉说了，心里就安稳了。

从上海来到内蒙古那年，他才一岁左右。

在来内蒙古的途中，他病得厉害，拉肚子、发高烧，生命垂危，是接运组的工作人员日夜守护、抢救，才把他安全带到内蒙古。都贵玛额吉把他和另外27名孤儿一起接到了四子王旗。

接运组的工作人员特别叮嘱都贵玛注意观察他，因为他太虚弱了，虽然一岁左右，但瘦小得就像刚出生不久的孩子。更要注意的是，他站不起来，坐起来也只能靠着被子或倚着墙才行。

都贵玛每天都给他按照定量兑牛奶，或者冲奶粉，单独喂他。这些事他不记得，是后来听额吉讲的。他无法想象自己当时的样子，也没有人能把那个瘦弱得无法站立的孩子和现在体格壮硕的他联系在一起。

"这一方水土好啊。"

他总是摸着自己隆起的肚子，这样感慨。

在这片土地上生活了59年，岁月的风霜早已经把他雕刻成地道的牧民。

到都贵玛额吉家楼下，扎拉嘎木吉兴冲冲地上了二楼，发现门虚掩着。他试探着轻轻推开，查干朝鲁站在门厅向他招了招手。他走进去才知道，额吉正在接受采访。

他没往客厅里走，而是坐在门左边的餐桌前，查干朝鲁给他倒了一碗奶茶。

"哥，你出院了？"查干朝鲁压低声音问。

"是，昨天出的。我正好没事，来看看额吉。"他也压低声音说。看查干朝鲁不时向客厅张望，他接着说："你去忙你的，我坐一会儿。"

查干朝鲁站在玄关，看了看客厅里客人的茶碗，准备随时进去添茶。

"当时最小的是小豆丁，不是扎拉嘎木吉，但扎拉嘎木吉是一直在我身边长大的。那时候，我们两家离得很近，他从小就在两家之间跑来跑去，就那么看着他一点一点长大的。"

扎拉嘎木吉听都贵玛额吉正说着他小时候的事，憨憨地笑了。

他小时候特别淘气。有一次，他去都贵玛额吉家，羊群刚刚回圈，而额吉不知道因为什么事耽搁了，还没回家。他看到两只羊互相顶着玩，就跑到羊圈里追羊，闹得整圈的羊不安地东奔西跑。当他正在兴头上时，额吉回来了。

都贵玛额吉赶紧把他拽出来，说："不能吓唬那些羊。羊的胆子最小了，它们到处跑，互相挤压，会压死的。"她把逃出来的几只羊轰回圈里，又把圈门扎紧，拉着他回去了。

"扎拉嘎木吉，你也太调皮了。小心我告诉你额吉打你的。"

"额吉从来不打我，再说我也没干坏事。"

"还没干坏事，看把羊吓得。羊吓着就不出奶了。"

"两只羊打架了，我是去拉架的。"扎拉嘎木吉理直气壮地说。

"哎呀，可不得了，它们打架，你更不能靠近了，小心顶你的！"

他根本不怕都贵玛额吉吓唬，说："我才不怕，那只老羊是我的好朋友，我还骑过它呢。"

"你还说你不淘气，哎呀，可是够害的。"都贵玛额吉点着他的脑门说，"不过，淘小子出好汉。你那么多力气，以后多帮你阿爸和额吉干活儿。"

"我本来总帮着额吉放羊，可是额吉不让我放了，要送我去上学，下个月就去，还给我做了新书包。"

"念书好啊，将来可以为国家做贡献。"

扎拉嘎木吉从记事起，都贵玛额吉就一直在他的生活里。

他的家在都贵玛家附近。每次转场，两家的毡房就像草原上的双生花，总是扎在相距不远的地方，两家人彼此相望，有个大事小情也都互相照应。用他额吉贡色玛的话说："咱们和都贵玛家是住在两个包里的一家人。"

他经常自己跑去都贵玛额吉家玩儿，玩累了，就躺在房里睡。都贵玛额吉放牧回来，看到他睡着了，要是天还早就送他回家去；天晚了，都贵玛额吉就骑马过去，告诉他阿爸额吉，孩子睡在她家了。

现在想来，扎拉嘎木吉觉得自己不但有成为"国家的孩子"的幸运，还有两个额吉一直爱他、关心他的幸福。

他真切地记得，有一年转场，阿爸额吉和都贵玛商量要去更远的地方，他们听亲戚说苏尼特右旗的草好，适合放牧，想去那边看看。

当时，都贵玛的女儿刚出生，加上她还担任着大队的妇联干部，所以不能走得太远。

都贵玛说："把扎拉嘎木吉留在我身边吧。你们去那边什么情况还不清楚，别把孩子上学的事给耽误了。"

嘎娃热布吉、贡色玛夫妇把住校的扎拉嘎木吉接回来，对他说了去远处游牧的事。

扎拉嘎木吉心里不舍，却不知如何表达自己的心情。入夜，他翻来覆去睡不着。

嘎娃热布吉忙着准备远行的东西。贡色玛心神不安地忙来忙去，一会儿给他缝衣服，一会儿给他做新书包，一边把他穿的衣服整理成一个包裹，一边又把做好的奶食品装在布袋子里……忙完这些，她定定地站在那里出神，脑子里一片空白。

嘎娃热布吉见妻子站着发呆，说："没啥忙的就早点睡吧。明天还得赶路呢。"

"他爸，咱们去那么远，把孩子放下，我这心里空落落的。"

"还真是第一次要分开这么久啊。"

"在都贵玛那里，我也没啥不放心的，可能就是不习惯身边没孩子吧。"贡色玛叹了一口气，轻轻地摸着儿子的头顶，"人有了孩子，就好像心里有了一根看不见的丝线，拽得心头发紧。咱有了扎拉嘎木吉，才觉得干啥都特别有劲儿。儿子是咱的福星。"

"你别想那么多了，孩子跟着咱们确实受罪，而且他还得上学呢。跟咱们走，没有合适的学校上学，把孩子都耽误了。"嘎娃热布吉劝慰着妻子。

"阿爸，额吉，你们放心吧。我会听都贵玛额吉的话的。"扎拉嘎木吉抬起身懂事地说。

贡色玛坐下来，摸着儿子圆圆的小脸，说："我的儿子最懂事了，要好好上学，需要什么就找都贵玛额吉，放学回来，要多帮都贵玛额吉干活儿，别偷懒。你都长成小伙子了，不是吗？"

"我是大小伙子了，我能干活儿！"扎拉嘎木吉伸出胳膊，举了举握拳的手。贡色玛疼爱地抱住儿子，亲吻了他的额头。扎拉嘎木吉枕在额吉的腿上，手环着额吉的腰，不知不觉睡着了。

　　放寒假后，扎拉嘎木吉就回到都贵玛额吉家。

　　每天清晨，都贵玛额吉起得早，把蒙古包烧得热热的，煮好早茶，先去忙别的活计，等查干朝鲁和扎拉嘎木吉醒来，再搭照他们吃早饭。丈夫管着公社的马群，她放着羊群，哪个都不能懈怠。每天忙完这个忙那个，好在她忙惯了。这些活儿虽然繁重辛苦，但是对她来说不算什么。

　　冬天的草原，下过雪后，一片苍茫。

　　在刺骨的寒风中到井上打水饮羊是特别辛苦的活计。天寒地冻，井里结了一层冰。都贵玛最怕的，就是羊掉进井里，集体的羊一只都不能损失。

　　每次出去打水，都贵玛都会带上一根铁锥，一下一下把冰面凿破了，再用水桶把水提上来。寒风把她的手都冻僵了，她几乎握不住吊桶的绳子。有时候，羊成群结队、不管不顾地往井上挤，她想把它们都引到别处，便不得不加紧操作。

　　扎拉嘎木吉见都贵玛额吉的手冻得通红，都冻伤了，就经常跑去帮忙。都贵玛看着他通红的小脸，心疼得让他赶快回去，但他每次都倔倔地帮额吉饮完羊才回。

　　忙完一天的活儿，回到家里，是都贵玛一天中最幸福的时刻。扎拉嘎木吉趴在油灯下写作业，查干朝鲁自己玩着羊骨头，她坐在一边烤着孩子们弄湿的鞋子和裤子，看着看着，就不由得笑了。她想，这个情景真温馨呢，一儿一女，还有暖暖的火炉和香喷喷的奶茶，好日子就是这样的吧。

　　"额吉，我阿爸额吉什么时候回来？"

　　"想阿爸和额吉了吧？他们捎信儿来说，本打算一入冬就回来，没想到那边下了很大的雪，路太远了，只能等明年冰消雪化了。"

　　"有多远？比北京还远吗？"

　　"离这里有个几百公里呢，虽然没有北京远，但是牛车晃晃悠悠的，要走个十天半个月的。"

"他们是不是不要我了？"扎拉嘎木吉看着油灯的光问道。

"傻孩子，怎么会呢？哪有父母不亲自己孩子的。"

"学校里一个大哥哥说，我不是阿爸额吉亲生的，是不是？"

"别听他们说闲话。你是你阿爸额吉的宝贝，也是我的宝贝。是不是啊，查干朝鲁？"都贵玛没有正面回答扎拉嘎木吉的问题。她想，他才不过八九岁，怎么能明白那场充满人间温情的大迁徙呢。

"是的，额吉。哥哥是宝贝，我也是宝贝。"查干朝鲁奶声奶气地说着，爬到额吉的身上让额吉抱。都贵玛把查干朝鲁抱在怀里，伸出另一只手，把扎拉嘎木吉也揽在怀里。

> 得心应手的套马杆子
> 是来自家乡的柳林
> 鬃毛秀丽的海骝马
> 是来自公社的畜群
> 万紫千红的大草原
> 是牧马人的摇篮

都贵玛轻声哼着歌，两个孩子安静地偎着额吉，很快就睡着了。

扎拉嘎木吉在都贵玛身边住了一年多。

这一年多的日子，都贵玛出去放牧，或者做其他活计，他就哄着查干朝鲁妹妹玩儿。有时，他背上妹妹跟着都贵玛放牧，晚上就挤在她身边睡。他说，那时候小，觉都是香甜的。

转年的初冬，嘎娃热布吉和贡色玛回到了自己的营盘。扎拉嘎木吉骑着马奔回了家。夫妻俩看着长大了不少的儿子一时有点不敢认了，尤其是他刚刚在马上的样子，让他们无比欣慰，也无限感慨。一年多的时光不算长，孩子的成长却非常明显，他用猛蹿起来的个头和小大人一样的做派，给了父母亲一个全新的印象。

贡色玛拉了拉嘎娃热布吉的衣袖，激动地说："那是咱们的儿子，真的是咱们的儿子！"

嘎娃热布吉快步走上前去，拍了拍扎拉嘎木吉的肩膀，说："小子，不错不错，长高了，也壮实了。"

扎拉嘎木吉见到父母亲，眼眶有些湿热，但是他忍住了。他和父母亲问好后就开始帮着搭蒙古包，安排生活。都贵玛额吉和邻居苏布道大婶一家也来帮忙。六七个人在说说笑笑中就把嘎娃热布吉的家当安置好了。

歇下来，大家一起煮茶、做饭，都贵玛拿来了家里存放的羊肉，香喷喷的晚餐在夕照中开始。

嘎娃热布吉讲着这次转场中的趣事，逗得大家开怀大笑，贡色玛和苏布道大婶都笑出了眼泪。

扎拉嘎木吉兴奋地看着这一切，恍若梦中。此刻的扎拉嘎木吉无比确信阿爸额吉对他的爱，感觉自己最幸福了。

酒至酣处情越浓，大家好像把想说的话都抢着说完了，于是唱起了心中的歌。贡色玛拉着查干朝鲁在歌声中起舞，查干朝鲁兴奋地甩着两只小辫蹦蹦跳跳，不时地跌进贡色玛的怀里。

歌声回荡在初冬的原野上，在无遮拦的风中，倏忽就飘远了。

苏布道大婶一家路远，就和嘎娃热布吉夫妇挤住在蒙古包里。

扎拉嘎木吉跟着都贵玛和查干朝鲁回家休息。

夜空中的星星格外闪亮，草原空阔、寂静，只听得到风扫过枯草时的沙沙声和跑马的蹄音。

"扎拉嘎木吉，额吉没骗你吧？阿爸额吉都回来了。这回高兴了吧？"

"嗯。"扎拉嘎木吉想着怎么亲自己都亲不够的阿爸额吉，歉疚地说，"额吉，我错了，我……不应该说那样的话。"

"心里有什么话就说出来，比当一个闷葫芦好。"都贵玛耐心地说，"老人们都说，母亲的宝贝是子女，好汉的宝贝是志气。你是阿爸额吉的宝贝，你将来也要找到自己的宝贝——男子汉的志气。额吉希望你今后做一个诚实守礼、讲信义、有志气的男子汉。"

"额吉，我记住了！"扎拉嘎木吉坚定地说。

都贵玛额吉的话清晰地留在扎拉嘎木吉的记忆里。那是多么珍贵的话语啊，在小小少年的心坎埋下了金色的种子。

采访结束了，人们纷纷告辞，屋子里静了下来。

扎拉嘎木吉进入客厅，坐在都贵玛额吉的身边。墙上挂着都贵玛额吉领奖时的照片，他盯着看了好一会儿，赞叹道："真好！真好！"

"来一阵儿了？身体好点没？"都贵玛额吉关切地问。

"来一阵儿了。没事了，医生也说没大事。"

"上岁数了，也得注意了。我听珠拉说，你还是不吃蔬菜，那不行。"

"这丫头又告状了。"扎拉嘎木吉挠挠头。

"孩子们都是为你好，你得好好听医生的。"

"知道了。"扎拉嘎木吉给都贵玛额吉倒茶，"您也喝点茶，和他们说半天累了吧？我先回去，您歇一下。"

"不累。你坐着呗，不碍事。"

扎拉嘎木吉虽然有很多心里话想对都贵玛额吉说，但他还是走了，他心疼额吉。

他知道，都贵玛额吉是特别讲究礼仪的人。不管谁来，只要提前告知，她不管身体多么不舒服，也会早早起来，穿好蒙古袍，包好头巾，并叮嘱查干朝鲁备好待客的茶点。只要来访的客人不告辞，她就一直陪着说话。那些"国家的孩子"来看她，她也一样热情、周到。毕竟是快80岁的人了，身体还受过严重的创伤，几个小时坐在那里，一遍一遍地回忆、讲述，不能不说是一件辛苦的事。

这么多年，扎拉嘎木吉和都贵玛额吉走动最多，对她的言行品德了解得最多，感受也最深。不管面对什么人，都贵玛都是一个态度。越是普通劳动者，都贵玛就越是和善，尤其是对弱势群体，她总是想帮助他们。

他想起几年前都贵玛额吉刚搬到乌兰花镇时，生病住进旗医院，一位在那里做清洁工的妇女认出了她，和她打招呼。都贵玛没认出她来，但还是热情地和她招呼着。

"您不认识我了，我是呼格吉勒图家的三女儿乌伦珠日格。我还是您接生的呢，要是没您，我不一定能活下来呢。"

都贵玛想起这件事了。她清晰地记得，乌伦珠日格的母亲难产，折腾了两天才把女儿生下来。那是一个秋天的黄昏，乌伦珠日格的奶奶送都贵玛走出她家的毡包时，看见天边飘着几缕彩云，说："这个女子就叫乌伦珠日格吧。"

"你在这里做工吗？"都贵玛额吉看乌伦珠日格穿着劳动布工装，关心地问。

"是，孩子有些毛病，就搬到这里了。"

"一家人都来了？"

"孩子他爸出车祸没了，就我一个人。"

"可怜的孩子，没有过不去的坎儿。"

那次相遇之后，都贵玛就记住了乌伦珠日格，时常让扎拉嘎木吉去打听她的情况，逢年过节还让查干朝鲁给他们送点吃的用的。乌伦珠日格的孩子得的是先天性心脏病，都贵玛几次帮着他们通过社区申请国家先心病资助项目，为孩子争取手术机会。

"额吉就是菩萨心肠。"扎拉嘎木吉感慨地说。菩萨对他而言是虚无缥缈的，但额吉是实实在在的，他不知道还能把都贵玛额吉比作什么才能表达他内心的崇敬。

1983年，扎拉嘎木吉结婚的时候，都贵玛比谁都高兴。当时刚刚分产到户，都贵玛把自己马群里的十几匹马也送给了他，还塞给他500元钱。

扎拉嘎木吉很少和孩子们聊天，但是这件事，他和孩子们说了好几遍："你们知道吗？500元钱，当时那是多少钱呐！10元钱就能把红糖、面、油等一家人吃的用的都买回来。"

扎拉嘎木吉每次说到这里，总要感叹一句："额吉家里也不富裕，她这500元钱不知道是咋省吃俭用攒下的呢！"

他忘不了都贵玛额吉来送钱时的情形。他一再推却着，不肯收那厚厚的一沓钱，他从来没有拿过这么多钱，这个礼太大了。

"这是老人给的祝福，不能不收。"都贵玛额吉叮嘱他们，"懒惰的马走不远，勤快才是致富的法宝。来自两个不同家庭的人成为一家人不容易，要互敬互爱，好好把日子过起来。"

都贵玛额吉亲自领着他去自家的马群里挑马，送给他的十几匹马都是膘肥体壮的。

"额吉给别人东西从来都很舍得。"扎拉嘎木吉说。

那些年，大家都差不多，只要勤快，日子都过得去。都贵玛是一个普通的牧民，就靠牧业生产挣些辛苦钱。扎拉嘎木吉也是牧民，深知额吉那些钱攒起来是多么不容易。

二

扎拉嘎木吉走后，查干朝鲁扶着母亲进里屋休息。

都贵玛躺在床上，虽然有了很深的困意，却睡不着。

最近一段日子，接受各种新闻媒体的采访几乎成了日常。她想，真的是老了，就连说说话、唠唠嗑也觉得累了。

年轻的时候，她可是牧业生产的一把好手，剪羊毛、放马、放羊、清理棚圈、打草、接羔……哪一样都干得好，关键是那个时候不知道累，总有使不完的劲儿。

要不是从小就养成了爱劳动的好习惯，干活肯动脑子，手脚又麻利，当年大队选保育员的时候也不会找她，即使找她，她也未必能完成那么艰巨的任务。

当时，那些孩子太小了，大多数都有病。哪个孩子都是父母的心头肉，这些孤儿没有父母关怀、照顾，她就把他们都当作自己的心头肉。为国家看护好这些孩子，是她的使命，也是她的责任。

她对所有的采访都尽全力配合，在她的认知里，把当年的故事讲出来，让更多的人知道内蒙古草原没有辜负国家的重托，也是一种责任。

当年国家动用了那么多力量，3000多名孤儿自南向北大迁移，那一列列火车就是一条条浩荡的暖流，承载着国家对每一个生命的珍视和关爱。

"个人的利益像青草的影子，公众的利益像高耸的天空。"

这句话在她的心里一直醒目地存在着，也成为她人生的座右铭。

她伸手从床头柜里拿出一个红色笔记本，找出一支笔，缓慢而吃力地写着：

2019年10月10日

今天的记者采访问了很多问题，都是特别久远的问题。我以为很多事都忘了，没想到那些年的事都一点一点回忆起来了，而且特别清晰、亲切，就像不久前发生的一样。

"国家的孩子"的事是一段重要的历史事件，我只是其中一个非常微小的人物。一个普通的牧民，能在这么重要的历史事件中留下一点回忆，做过一点贡献，这让我感觉这辈子没有白过。

　　那些孩子都长大成人了，长成对社会有用的人，在不同的岗位上为国家做贡献，这都是领养他们的父母亲的功劳，是国家的功劳。我为他们骄傲。

　　我应该尽可能地把当时的情况讲出来，让更多的人知道，让人们都记住中华民族大家庭的温暖。这也是我，一个老党员的责任。

　　我去领了奖章，但我知道那个奖章，我是替孩子们的父母亲去领的。

写到这里，都贵玛老人停下了笔，有些出神。

记者的采访好像一个按钮，打开了时空之门。每次采访结束，她独自回味的时候，总会感到遗憾，觉得不是忘了讲这个孩子的调皮和可爱，就是没说那个孩子的倔强和开朗……当年的很多细枝末节，纷纷在她的脑海中浮现。

人老了，觉也少了，每天睡三四个小时已经足够。她想，要是当年像现在一样觉少就好了，可是那个时候她正处于能吃能睡的年龄。没有时间吃饭或者吃饭不应时对她来说不是最难受的事，最难熬的是睡眠不足。

几个不足一岁的孩子，每天晚上9点要喂一遍奶，半夜还要加一遍奶。晚上把孩子们都哄睡着了，她和托娅要收拾一天的脏衣服，还要叫几个大一点儿的孩子起夜小便。等着都安顿好了，她俩躺下时，已经是子夜时分。一整天都没空坐下来歇歇，到了该睡觉的时候，她俩一沾枕头就睡着了。奇怪的是，只要哪个孩子有动静，哪怕只是翻翻身、说梦话，她俩都能听到，而且马上就醒来。她俩的脑子里好像装了闹钟一样，每到凌晨3点该给孩子喂奶了，就会准时醒来。

"喂完奶，孩子都睡着了，我也马上就能睡着。也不知道怎么的，就那么困，感觉站在那儿靠着墙都能睡着。"都贵玛笑着回忆道，"如果有孩子感冒发烧，我一天都睡不到3个小时，得不停地给孩子冷敷、喂药。那时候，我还和医生学了简单的小儿推拿，孩子病了，就给孩子揉揉捏捏，还挺有效的。孩子病了，自然会比平时闹一些，那就得抱着哄，抱了这个，再抱那个，这一晚上就没法睡了。"

有一次，小宇病了，半夜难受得直哼哼。都贵玛抱了一会儿，好不容易哄睡着，可是一放下他就醒，就难受得哭。她只好把他的小枕头放在自己的双腿上，让他躺在上面。她轻轻地摇晃着，给他唱儿歌，他才慢慢睡踏实了，她也在不知不觉中睡着了。

没一会儿，不知道是哪个孩子说梦话，她猛然醒来，睁眼一看，腿上的小宇不见了。她吓出一身冷汗，赶紧下床，发现托娅正喂小宇吃奶呢，她咚咚直跳的心才平静下来。

托娅看她慌慌张张的样子，笑着问："怎么了？做噩梦了？"

"不知道怎么就给睡着了。醒来一看孩子没了，吓死我了。"

"你是太累了。"

"怎么样，小宇还烧吗？"

"好多了，再观察观察，不行明天一早去找医生来看看。"

"托娅姐，你也睡吧。"

"行。我把奶瓶洗出来，要不明天该有味了。"

托娅把小宇递给都贵玛，然后倒了些开水清洗奶瓶。

都贵玛用嘴唇贴了贴小宇的额头，感觉他的体温不像先前那么高了。她轻轻地拍着小宇，在地上走了一会儿，见他沉沉地睡着了，就小心翼翼地把他放到床上。小宇的双手伸向她的手臂，一只小手抓住了她的衣袖。都贵玛赶紧躺在他身边，轻轻地拍着他，他拱在都贵玛的怀里，安稳地睡着了。

都贵玛把被子给他盖严实了，人却不敢动，怕他再醒。她一只手垫在自己的头下，另一只手轻轻地盖着小宇的头顶。一会儿，她感觉自己的手心热起来，潮乎乎的，她知道小宇出汗了。

"你这样多累啊，一会儿胳膊就麻了。"托娅上床的时候看到都贵玛搂着小宇，忍不住说道。

"没事，我小时候发烧，额吉就这么捂着我的头顶发汗退烧。你摸摸，小宇出汗了。"

托娅伸手过来摸了摸小宇的头，说："嗯，还真是出汗了。"

都贵玛也跟着出汗了，可是她不敢掀被子，怕小宇着凉，于是就这样搂着小宇睡着了。

日子一天一天过去了。都贵玛有时候感觉天特别长，从早晨到深夜，总是很难盼到把孩子们都安顿着进入梦乡；有时候又感觉天特别短，短得直到深夜还有很多活儿没有做完。

老话说，有小不愁大。孩子们倒是一天比一天好，个子在长，性格也变得开朗了。他们适应了内蒙古的饮食、气候，身体越来越壮实。他们更加依恋都贵玛和托娅，从她们身上感受着母爱。

在孩子们到来之前，内蒙古各地就已经开始领养孩子的准备工作，可以领养"上海娃娃"的消息在杜尔伯特草原上传开了。

领养是有严格条件的，首先是没孩子的牧民申请，其次是有条件养得起，还有一条，"革命家庭"可以优先领养。领养后，相关部门还会追踪孩子们的生活情况。

各公社、大队负责领养工作的干部把递交领养申请的家庭都做了登记，工作人员按照收养条件对收养家庭进行了严格筛选。公安、妇联等机构实地考察，确保收养人具有抚养孤儿的能力。医院也派出医务人员对收养家庭的成员进行认真检查，确认收养人没有传染性疾病。

孩子们早晚都会离开，去收养的家庭过有父母疼爱的生活，对此，都贵玛是有思想准备的。只是半年后，离别的时刻到来了，她没想到自己所谓的"思想准备"会被一阵阵离别的惶恐和难过冲散，思绪变得凌乱不堪。

那是初秋的一个下午，保育院来了第一批领养者。

负责接待、办手续的同志领着他们先履行了领养的手续，然后来到孩子们的房间。

十几个人走进来，房间一下子显得特别拥挤，都贵玛的心里产生了一种压迫感，心里慌乱，不知所措。

一下子来了这么多人，正在做游戏的孩子们也都停下来看着。

一对夫妇向床边的小豆丁走了过去，女人伸手就把小豆丁抱在怀里。小豆丁很不情愿地向外挣着，朝都贵玛伸手要她抱，她赶紧接了过来。

"小豆丁，你怎么了？这是……"都贵玛想说，这是你的阿爸额吉，可是她说不出口，一是不确定他们是否会领养小豆丁，二是她心里有百般不舍。

此刻她才明白，半年的时光，每一束阳光，每一缕星光，每一阵微风，每一声啼哭，在这欢笑喧闹所共同编织的日子里，她已经融入太多的情感。她熟悉他们的生活习惯、性格和喜好，就像熟悉自己一样。她已经不能像对待一份工作一样，用"完成任务"来解开这根紧密的情感链。

"同志，这孩子叫什么？他多大了？"女人问。

"这孩子来的时候身边没有任何生日、名字信息。"她对夫妇俩说着，心里慌慌的，感觉自己的声音都在颤抖，"我们就叫他小豆丁……他是这里最小的孩子，来的时候大概不到两个月，现在也就8个月左右吧。"

都贵玛说到这里，心里很难过。这个像刚出生的小猫一样的小小的孩子，已经长出了小小的奶牙，会做很多动作，会在她们怀里撒娇，时常还会出点怪相，逗她们开心。

"我看这孩子挺好的，你说呢？"女人问丈夫。

"你看吧。我听你的。"丈夫说。

女人又拍了拍手，向孩子做出要抱他的动作。

"就是他了。来，跟爸爸妈妈回家吧。"

"小豆丁，去让妈妈抱。"都贵玛把孩子递过去。在递过去的一瞬间，她的心里涌起一阵酸楚。她用力地眨了眨眼睛，忍住了眼睛的湿热。

"叫他宝蛋儿怎么样？"女人双手举着小豆丁对丈夫说，见丈夫点了点头，又对着小豆丁开心地说，"你说好不好啊？小宝蛋儿。"

"这个孩子对鲜牛奶不适应，得喂奶粉。"都贵玛叮嘱着，"他特别容易消化不良……还有点缺钙，得给他补钙……"

都贵玛说不下去了，长出了一口气。看到小豆丁在女人怀里使劲挣扎着要都贵玛抱，女人则不停地转着方向，和孩子说着话。

都贵玛还想说些什么时，听见小梅在门外哭了，她赶紧跑出去。

一位老额吉抱着小梅要走，阿毛拉着不让走，小梅也不停地哭喊着"哥哥"。小梅的哭声一下子惹出了都贵玛的眼泪，她用手抹了抹眼泪，过去抱住了阿毛。

"阿毛，小梅要有自己的新家了，你也会有自己的新家。咱们让她跟着奶奶回家吧。"都贵玛给阿毛擦眼泪，安慰他。

"阿姨，我不想和小梅分开，我想和她在一起。"

老额吉抱着小梅坐上牛车，牛车迎着太阳，向远方走去。

阿毛要去追赶牛车，却被都贵玛拉住了。阿毛放声大哭，哭得都贵玛的心都碎了。

都贵玛抱着阿毛，待他情绪稍稍稳定就领着他回到房间里。这时，都贵玛发现小豆丁已经被那对夫妇抱走了。孩子们都不知所措地看着她，那一张张小脸中少了不少熟悉的面孔。她的心像塌了一个深深的洞，深不见底，有凉风从洞口涌出，她的身体不禁有些发抖。她怔怔地拉着还在抽泣的阿毛，站在屋子里。

"今天领走了几个孩子？"

托娅去旗医院给孩子们取药，一回来就问道。

托娅把药一一摆放在柜子里，脱下外套换上了工作服，说："唉，我紧赶慢赶回来，还是没赶上看看那些领养的人。"

都贵玛没说话。

托娅诧异地看着她，见她茫然地摇着头，问："你怎么了？"

都贵玛又摇了摇头，还是没出声。她怕一出声，就真的哭出来。

她不能哭，孩子们有了新家，有了疼爱他们的阿爸额吉是好事。她若当着孩子们的面哭，孩子们会恐惧，会害怕被领养。

她深呼吸了一下，好像要把什么吸进去，又要把什么吐出来。

都贵玛拿上扁担和桶，对托娅说："你看着孩子们，我去担水。"她像逃跑似的快步走出屋子，匆匆忙忙地走向远处的水井。

她一边走一边向四周看，四周一片安静，安静得让她怀疑是不是自己的耳朵出了问题。她出来的时候，满耳都是孩子们的哭声。现在，那些哭声被这无遮无拦的旷野藏了起来，就像这广袤的杜尔伯特草原把那些孩子都收拢到怀里，然后藏到每一顶毡包里。她很难再听见他们稚嫩的声音，也无缘再看他们像小树苗一样慢慢长大……她心酸地想，孩子就是这样，只要抱在怀里，只要喂养在身边，心就不自觉地被他们占据，而且一辈子都忘不了，一辈子都放不下。

水井在毡包后的一个缓坡上。她快步走着，快到坡顶的时候，开阔的视野让她突然停住了脚步，她瞭望四周，发现自己已经走过了水井，于是又沮丧地往回走。她走到井口，把拴着绳子的桶放到井里提水，眼泪止不住扑簌簌地流下来。

提完水，都贵玛坐在草地上发呆。看着太阳已经快落到西边的地平线上，她意识到孩子们该开饭了，于是赶紧站起身来，拍了拍身上的土。她从水桶里倒出一些水在一只手上，朝脸上抹了几下，沁凉的水让她清醒了许多。之后，她挑起水向保育院走去。

很多回忆好像不请自来，几乎每天都能想起一些往事，都贵玛会为每一个想起来的事开心不已。脑海里每闪过一个画面，她都会从心底浮现笑容。小豆丁，她对上号了；小宇，她也对上号了；小梅，也好认；阿全……她心里想着孩子们，但与他们相见之后，她已经无法一一喊出他们当初的乳名，而且他们被收养后也都有了新的名字。

都贵玛想起第一批被领养的孩子有十多个，都是乌兰花镇以及附近公社、大队的家庭。

那个季节，正是要转移牧场了，很多想申请领养的家庭都计划着迁到冬牧场后再来接孩子，不愿意孩子跟着转场颠簸，怕小家伙们受不了。这个特殊情况打乱了原本安排好的领养计划。

都贵玛主动向主管保育院的领导建议，江岸公社、脑木更公社距离乌兰花镇路程很远，牧民来领养孩子要走一天的路，实在不方便。这个季节正是牧区特别忙的时候，可以考虑先把孩子们安排到脑木更公社，也方便那两个相对较远的公社社员来领养孩子。

旗政府几个相关部门再三商讨，并再次征求都贵玛的意见，最终同意她带着孩子们回脑木更。

"请组织放心，我一定带好这些孩子。"都贵玛挺了挺胸脯，坚定地说，"牧民们来领养的时候，保证他们都像小牛犊一样壮壮的。"

大家一起动手帮着收拾孩子们的生活用品。孩子们都换上了干净的衣服，女孩子扎起了好看的小辫，他们好奇地看着大人们忙碌的身影，各自比着自己的新衣服。

"阿姨，这是要干什么？要送我们去新家吗？"阿毛忐忑地问都贵玛。

"孩子，阿姨带你们去阿姨家的牧场。那里特别漂亮，有很多野花，还有骆驼、马、牛和羊。你们想不想骑马呢？"

"想！"

"我也想！"

"还有我，我，阿姨！"

大一点儿的孩子都举着手，争先恐后地喊着。

"那就乖乖地上车，咱们出发。"

都贵玛把孩子们一个一个抱上马车，后面还跟着拉灶具和工作人员的马车。3辆马车相跟着出发了。

"我们这也属于走敖特尔了吧。"都贵玛开心地说。

"走敖特尔是什么？"阿毛问。

"走敖特尔就是从一个地方搬到另一个地方，这是蒙古族一种很古老的生活方式。在不同的季节，搬到水草丰美的地方，牲畜能长得壮壮的，也能让草场歇一歇。"

"那总是搬来搬去不麻烦吗？"阿毛疑惑地问。

"这是我们的祖先想出来的让草场休息的办法。"

"草还需要休息啊？"阿毛的话让几个孩子都跟着笑了起来。

"当然了。一棵草也是一个生命，需要休息才能长得更好、更壮，就像你们这些小家伙一样。"

"草也要睡觉。"调皮的小宇说完就躺倒在别的孩子身上，假装睡着了。

"你是草啊，那我就是羊，我要吃草。"阿毛比画着说。孩子们嘻嘻哈哈闹成一团。

"好了，孩子们，别闹了，车在行驶的时候打打闹闹很危险。"都贵玛赶紧阻止孩子们的嬉闹，"小宇说得对，小草也需要休息。你们想啊，小草如果被牛羊吃了，它是不是得努力地再长出来，长高一些，然后才能和小伙伴们一起看天上的云，享受阳光呢？"

孩子们瞪着亮亮的小眼睛看着都贵玛，仔细地听着。

"在这片草场放牧后，就换稍远一点的草场去放，让这片草场歇一歇，等它长好了就再回来吃，让稍远的那片草场歇一歇。这样羊啊、牛啊、马啊，总能吃到鲜嫩的草。"

> 请珍惜那清澈的蓝天
> 总会被缭绕的雾气遮掩
> 请怜爱你年高的父母
> 终会消失在岁月的长河中
> 请珍惜那皎洁的银月
> 总会收起它散发的光亮
>
> 请安抚和劝慰那悲伤的心
> 请擦拭和怜爱那落泪的眼睛
> 人生在世只有一次
> 请拥抱生活，珍爱这个世界

都贵玛轻轻唱着，孩子们都安静下来。

原野的风忽紧忽慢地吹着，天上的白云不停地变幻着形状。马车合着都贵玛的歌声，在路上颠着跑着。孩子们的笑脸、黑黑的眼珠和专注听歌的样子，深深地留在了都贵玛的心里。

三

回脑木更牧区无疑是一次长途"迁徙"，苍茫草原，一望无际，一路上，他们风雨兼程。令都贵玛高兴的是，孩子们都没闹什么毛病，顺顺利利地回到她生活了20年的家。

为了迎接孩子们的到来，公社和大队干部早已搭起了蒙古包，准备好牛粪以及过冬的衣物。

孩子们到来的那一天，草原上热闹极了，附近很多牧民都带着白面、布料、炒米、奶豆腐和白糖来看望"上海娃娃"。看到白白胖胖、活泼可爱的孩子，很多人都动了领养孩子的心。可是，领养有严格的条件，很多人不符合条件。

孩子已经被领养了几个，他们的状况较刚来的时候有了很大的改观，闹病的少了，身体也强壮了。公社领导考虑到托娅家里还有一个刚刚断奶的孩子需要照顾，就想把照顾这些孩子的任务交给都贵玛。大队书记征求都贵玛的意见，都贵玛特别爽快地答应了。

"让托娅姐回去吧，她的孩子一定非常想额吉。反正离得也不算远，忙不过来的时候，我再通知她。"都贵玛看着书记不忍的神态，笑着说，"书记放心吧！照顾孩子，我已经很熟练了。现在孩子也没有那么多了，忙得过来。"

孩子虽然没有太小的了，但吃饭还是得分两拨。她和大队干部每天琢磨着怎么给孩子们准备营养更均衡的食物。白天，她带着孩子们在草地上做游戏，教他们写字、唱歌；晚上，她给孩子们讲故事，哄他们入睡，还要洗孩子们换下的衣服和尿布。

为了方便晚上照顾孩子们，都贵玛把他们的床沿着蒙古包的形状，摆成一个圆形，她睡在圆的中心……忙和累对都贵玛来说都不算什么，她已经习惯了和孩子们在一起时这种紧张而忙碌的生活状态。

四子王旗医院每个月都会派医生来给孩子们做身体检查，也会给孩子们打疫苗、吃糖丸。

乌兰医生第一次来的时候，看到摆成了圆形的小床，好奇地问："这个摆法是好看，可是进进出出不大方便吧？"

都贵玛笑着说："这是我琢磨出来的办法。孩子们晚上起夜，并不都会喊人，我得不时地看看、摸摸，哪个孩子差不多要小便了，就得叫他们起来。我在中间，方便随时看他们。要是一排排地摆放，离我稍远的孩子，我就不大容易发现他们的小动作。"

乌兰医生拉着都贵玛说："这些孩子够有福的，遇到你这么细心的阿姨。"

"这是没办法的办法。他们少尿一点被褥，我也能省点力气。照顾好他们是我的责任，我做得还不够，还有很多地方需要改进呢。"都贵玛不好意思地说。她还有很多话没有说出来，在她的心里，一直感激党的恩情让她这个孤儿过上了幸福的生活。现在她的责任就是照顾好和她一样幸运的孩子们。

大地以色彩来划分四季。

初冬时节临近，草原一片金黄，风也变得有了寒意。孩子们都换上了冬衣。

无风的天气，阳光暖融融的，都贵玛带着孩子们在草地上开心地玩耍。

阿毛一个人坐在一旁出神。他望着遥远的天边喃喃自语，为自己再也回不去上海而难过，也为再也看不到小梅而伤心。

"小梅肯定每天都哭呢。"

"不会的。小梅的阿爸额吉没有孩子，他们特别渴望有一个孩子，一定会对她特别好。她过得很幸福，为什么会哭呢？"

"真的？"

"我骗你干吗？你要不信，等阿姨有时间了，带你去看小梅。"

"真的可以带我去吗？"

"真的带你去。"

阿毛感动地看着都贵玛，张了张嘴，想问她会不会有一天带着他回上海，又把话咽了回去。

"我会被领养吗？"阿毛倔倔地问，"我可不想上别人家去，还要喊他们爸爸妈妈。我有自己的爸爸妈妈，我妈妈会来找我的。"

都贵玛摸摸他的头，说："傻小子，那你就留下来和阿姨一起生活。"

阿毛不置可否，继续出神地看着远处。

远处，一个人跑马过来，是公社干部图布沁。他给都贵玛送来了一些孩子们常用的药。

"你好啊！都贵玛，孩子们最近身体还好吧？"

"你好啊！都好，小牛犊子一样。"都贵玛招呼着孩子们，"来，孩子们，和大叔问好。"

孩子们行着问候礼，七嘴八舌地说着"您好"。

"孩子们好，孩子们好，小家伙们都长个了。"他喜爱地摸着孩子们的头，朝淘小子阿毛拍了拍，阿毛咧嘴笑了。

"没有感冒发烧的吧？"

"没有，前两天阿毛有点跑肚，可能是着凉了，我给他吃了药，热热的红糖水喝上，很快就好了。"

"你现在也是半个医生了。"图布沁笑着说，把带来的药放到桌上，接着神情严肃地问，"你听说了吗？那个孩子的事。"

"什么事？哪个孩子？"说到孩子，都贵玛就紧张了。

"就是那个最小的孩子，抱养的那家养了两个月，突然说不想养了。"

"啊？小豆丁啊！怎么会这样？那怎么办？"都贵玛着急了，气呼呼地问。

"其实他们也不是不想养。听说是老人得了很重的病，要伺候老人，有点忙不过来了，而且他们没养过小孩，不太会伺候。"

这些都不是理由，都贵玛心想。

"不行就给我抱回来，那么好的孩子，可多人想养呢。"

"开始的时候是打算送回来了，可没等送呢，就被另一户人家领养了。"

"这一户有没有孩子？他们爱不爱孩子？"

"听说也是镇里的，还是一个支边来的干部，家里条件挺好的。"

"那就好，那就好。希望小豆丁能顺顺利利地长大。"

图布沁走了。都贵玛望着他的背影，心绪很乱。

小豆丁的消息让她不安。那家人还是不够爱孩子。不爱，还真不如趁孩子不大懂事，早点送回来。孩子要是懂事了再换人家，对孩子幼小的心灵会是一种伤害。此刻，她特别想看看小豆丁，想抱抱他，也特别想了解收养他的人家的情况。

然而，要想了解这些，比穿越这茫茫草原还要难。

她心里明白，很多家庭抱养孩子后，不愿意让孩子知道自己不是亲生的，所以对抱养一事讳莫如深。

为什么自己这么担心，这么焦虑？她太在意这些孩子了。

对这片土地上的人，她是了解的，这里的人珍爱每一个生灵，何况是喊自己阿爸额吉的孩子。可是，人和人还是不大一样的，想法和做事的风格总会有差异……她的内心不由得感到煎熬。

直到后来有了查干朝鲁，她才明白，自己对每一个孩子的牵挂都是源自内心的母爱。他们早早地让她的心里生长了母爱的幼芽，只不过她当时还不明白。

世界上的母亲，哪一个不是这样牵肠挂肚的呢？把孩子交给谁都不放心，这是每一个母亲共有的想法。

在真正的寒冬到来之前，孩子们都陆续被牧区人家领养了。他们穿上崭新的衣服，走进新的生活，像一枚枚蒲公英的种子散落在杜尔伯特草原上，再经过岁月的雕琢，长成他们自己的样子。

小豆丁的事让都贵玛变得敏感起来，也更关注收养家庭的情况了。她总是有意无意地打听收养人的住处。理智告诉她，不应该再去打扰孩子们的新生活，但是那份牵挂催促着她去看看孩子们过得好不好。哪怕只是远远地看看，甚至只是看看那户人家的炊烟，她的心都会安然的。

生活从来都不是一帆风顺的，有波折才是常态。这个道理都贵玛懂，但是在孩子们四散而去的那些夜晚，她经常会在半夜突然醒来，再也睡不着，想着和孩子们在一起的时光，回味着每一个细节。孩子们的笑脸浮现时，她都会闭上眼睛，让那些笑脸停留得久一些。

如果有一天遇见他们，她希望能记起这些笑脸，以及他们在自己身边时的事，她会讲给他们听。她甚至想到他们都长大了，围坐在她身边，听着小时候的事笑得特别开心的情景，她的心里涌起一股热流。

四

见到扎拉嘎木吉，是在一个晴朗的下午。

他的家住在乌兰花镇一处简易的楼房里。楼不高，有一个共用的走廊，房间不是很大，但足够住，而且能看出他的女儿们把他照顾得很好，家里干净整洁。

他的大女儿温和有礼，很少说话，总是笑着热情地添茶。听阿爸说到开心的事，她坐在一边笑着点头。

扎拉嘎木吉高兴地和我讲起小时候的事，特别是都贵玛额吉把他从第一户领养人家要回来的事。

"你也走了两户人家？"我感到吃惊，以为是我记混了，"不是小豆丁吗？"

扎拉嘎木吉笑了，那笑容里有一种天真，尤其是露出了几颗豁牙，笑起来更像个孩子。他说："小豆丁是人家送回来，又给出去了。我是额吉硬给要回来的，又送到了我阿爸额吉家。"

扎拉嘎木吉就是当年的小宇，他长大以后才听说了这件事。

最初抱养小宇的是另一个公社的人家。

在乌兰花镇的时候，都贵玛带的孩子多，每天顾不上想很多。回到脑木更后，身边的孩子少了，她对每一个孩子的观察、照顾更细致了。孩子们和她待得时间长，也有了感情，每一个孩子被抱走的时候，她都百般不放心。小宇从小身体虚弱，而且稍微一上火，或者牛奶喂得稠了，就容易生病。

小宇走后，都贵玛非常不放心，偷偷地去看过两次。一次，她不敢出现在小宇面前，只是远远地看着小宇家，但是既没有看见小宇的身影，也没有看到炊烟。她有些失望，但又觉得已经入冬了，他那么小，父母肯定不会让他在外面跑。可是，他们家里不做饭吗？还是自己赶得不巧呢？

又一次，她去公社买粮油回来，特地绕路去看小宇。那天风很大，她紧裹着身体，还是觉得被风打透了。她紧了紧腰带，又把头巾重新扎紧，这时，她看到一个小小的身影在离蒙古包不远的地方晃动。

一定是小宇，都贵玛想，孩子一个人在外面做什么呢？

过了好一会儿，都贵玛都没有看到有人出来找孩子，心里有些不高兴，心想，孩子自己出来了，怎么不抱回去呢？冻坏了怎么办？想着想着，她就站不住了，快步向小小的身影走去。走到近前，她看到小宇拉着一只不大的粪筐，正在捡拾牛粪，小手冻得通红。她心疼得一把抱起了小宇。

突然被人抱起来，小宇惊慌不已，待看清是都贵玛时，他哇的一声哭了。

都贵玛难过地哄着他，把他冻得通红的小手揣到自己怀里捂着。

"你额吉呢？"

"额吉去干活儿了。"

"都不在？"都贵玛抱着孩子边走边嘟囔，"怎么可以把两三岁的孩子独自留在家里呢？"

小宇眼泪汪汪地一直盯着都贵玛看。

"想阿姨了吧？"

小宇拍了拍胸口，又哭起来。

都贵玛拍着他，说："不哭啊，小宇，男子汉要坚强，不能总是哭哭啼啼的。肚肚饿了没？"

"饿。额吉，我要吃肉肉。"

都贵玛环顾四周，没发现肉，只看见一大桶稠奶子在角落里放着，旁边还放着一只木碗，碗底有些凝了的牛奶，碗边上留着奶渍。她提了提暖水瓶，里面有一些茶水，已经凉了。

"找不到你们家的肉啊。来，额吉给你烧茶。"

都贵玛把小宇放到小木凳子上，准备去取些牛粪。

小宇刚坐下又马上站起来，拉住都贵玛的衣襟，她走到哪儿他就跟到哪儿。

"额吉总是不在吗？"

"额吉要干活儿，小宇要听话待在家里。"

"小宇真乖。"

"我还能帮额吉捡牛粪，有了牛粪家里就暖和了。"

"来，咱们也把家烧得热乎乎的。"

都贵玛把炉子里的火捅旺，又添了些干牛粪。牛奶有现成的，她找出一点儿砖茶，烧起茶来。

这时，小宇的额吉回来了。她看到都贵玛，笑着问了好。见儿子正喝着奶茶，她不好意思地说："他爸给公社放牧去了。我怕他冷，放羊也没敢带他。"

都贵玛叹了口气，说："给孩子穿好，背上他去就行。孩子还是在眼前才放心。他一个人在外面跑多危险。咱们这边总有狼出没，遇见了就是天大的事。"

"是，是，这不我饮完羊就赶紧回来了。"小宇的额吉也叹了口气，"我也是没办法。"

"这是国家给咱们送来的孩子，得更多一分小心和在意。前几天他奶奶不是在吗？"

"回自己的营地上去了。"

"难怪，你一个人也不容易。"

"我没养过孩子，都不知道怎么才能带好他。这孩子总是拉不下大便，有时候急得直哭。"

"是不喝稠奶子了？他肠胃不好，容易大便干燥。"都贵玛下意识地看了一眼奶桶旁边的那只碗，"平时喝奶子得给他兑上水煮开了。现在还便不下来吗？去给他开点通便的药吧。"

"医生离得可远了，去一趟得一天……赶哪天我领上去看看。"

都贵玛心里着急，却又不好意思说什么，心想，孩子生病了，还不赶紧给孩子看看，想想办法。

"这个也得抓紧了，孩子经常便不出来，影响生长发育。平时多给他揉揉肚子，也能帮他消化……"

都贵玛心里顶着一口气，说不下去了。

小宇喝了些茶，又吃了点都贵玛刚刚采买的炒米，脸色红润起来。他半躺半倚在都贵玛的身边，一动不动，小手还抓着她的衣襟。

都贵玛让他躺在自己的腿上，一只手放在他的肚子上。

"一摩挲俩摩挲，吃个秤砣也消化……"都贵玛一边念叨，一边在他的小肚子上轻轻地绕着肚脐按摩着。

"这孩子……不是……有什么毛病吧？"

都贵玛错愕地看着小宇额吉，说："怎么会呢？这孩子可健康了，每个孩子都做过全面体检。"

"是，是，除了大便不太好，也没闹过什么毛病。他可乖可听话了。"小宇额吉觉得自己的话不妥，边说边站起来给都贵玛倒了一碗茶。

"他奶奶前两天又给找到了个大夫，说吃他的药都能生下孩子……"

都贵玛不知她说这个话的意思，抚摸小宇的手停了下来，目光里满是疑惑地看着她。

"他奶奶想让我生一个自己的娃……"

"要是能生也挺好，给小宇做个伴儿。"都贵玛继续给小宇按摩着，小宇舒服地靠在都贵玛的身边沉沉地睡着了。

"哪有那么容易呢，要是能生早就生了。可他奶奶觉得小宇能带来一个亲孩子。"

都贵玛听小宇额吉说出"亲孩子"这个词时，就像被一块棱角分明的石头硌了一下。都贵玛想不明白她话里的意思，到底是想生还是不想生呢？但这是人家自己的事，她也不好发表意见。

都贵玛见小宇睡得很沉，就把他放好，起身告辞。

一路上，都贵玛的耳边都回响着小宇额吉的话，但她想了很久也没想出个所以然。

突然，都贵玛的心里起了一个念头：再给小宇寻个好点儿的人家。她看得出来，这个额吉不知道怎么疼孩子，不仅把这么小的孩子独自留在家里，而且火炉也不热，暖壶里也没热茶。看来小宇饿了就喝奶桶里的冷牛奶，所以经常拉不下大便……她越想越觉得应该给小宇换一个家庭抚养。

一旦起了这个念头，都贵玛就觉得一分钟都不能等了，她决定先去找大队书记说说这个事。

都贵玛一看天不早了，估计到了大队也找不到书记，于是掉转马头去了书记的家。

书记正在忙着往家里提牛粪，看都贵玛来了，忙让她进家里，给她端来了热奶茶。

"这么晚过来，一定是有什么大事吧，都贵玛？"

"书记，给小宇考虑换一个抚养人吧。"

"怎么了？那家有什么问题吗？"

"说不上来，就是……就是觉得他们不会养孩子。"

桑杰书记笑了，说："这个丫头，谁都是从不会到会的，你不是也一样吗？"

"可是，他们还想要自己的孩子，我觉得小宇对他们来说可有可无。孩子的衣服是脏的，他们出去一天就扔下孩子一个人在家，家里的火都快灭了，孩子饿了就喝冷牛奶，几天都拉不下大便……"

"你是不是太敏感了？牧民都爱孩子，只要进了自己的包，就是自己的孩子。你也别太担心了。换抚养人可不是个小事，得向公社、旗里逐级打报告。"

"书记，你还是关心一下小宇，看看他们到底怎么想的，咱们养的是'国家的孩子'，不敢有一点闪失。"

"嗯，这话是对的。我明天就去看看他们家的情况。"

都贵玛看天色已晚，想到舅妈还在家里等着自己，便张罗着要走，书记又喊住她。

"正要和你说件事，你来做咱们大队的妇联工作吧，大队领导班子研究过了，你最合适。"

"我行吗？"

"当然行，你一直都是咱们大队的青年骨干。在照顾'上海娃娃'的工作中，你得到了成长，也有责任心，正是大队需要的。"

"妇联工作都做什么呀？我也不会呀。"

"你一学就会了，不复杂。28个孩子都照顾了，妇女工作难不住你。明天你抽空来一趟，我让分管妇女工作的干部和你说说。"

"行。那我就回去了。"

都贵玛这一夜没睡踏实，小宇流泪的脸一直在她的眼前浮现。她说不出人家哪里对小宇不好，心想是不是自己小题大做了，可就是对那家人不放心，想把小宇抱回来的念头越来越强烈。

此刻，她想起了近邻嘎娃热布吉和贡色玛夫妇，前一阵子他们还来找过都贵玛。他们转场走出去太远了，回来的时候想抱养"上海娃娃"，但孩子们都被领养走了。夫妇俩懊悔了很久，还抱怨都贵玛不给他们留一个。

"领养孩子都是有程序的，要办手续，不是谁想留一个就留一个。你以为抓羊呢，说抓一个就抓一个。"都贵玛解释道。

贡色玛半开玩笑地说："反正就怪你，和你住这么多年邻居也没想着我。"

她知道贡色玛结婚多年没有孩子，特别渴望有一个孩子，如果小宇到他们家，肯定当宝贝一样。想到这里，她横下一条心，说什么也要把小宇要回来。

第二天一大早，都贵玛就去了大队部。她敲门时，新来的小干事刚刚起来。

都贵玛一看大队的钟表，不好意思地笑了，刚刚7点30分，她来早了。她赶紧让小干事去洗漱，自己则拿起扫帚开始清扫院子。

小干事一溜小跑出来，一个劲儿地喊："同志，这个不用你来，你就在里面等着吧。"

"没事，我都习惯了。不干点啥，站哪里都觉得不舒服。何况，"都贵玛把扫帚拄在地上，对端着牙缸的小干事说，"赶明我也是大队部为牧民服务的一分子了，干点活儿也是应该的。"

桑杰书记来到办公室，里里外外转着圈看，说："看来是有勤快人了，特别干净。"

小干事乐颠颠地跑过来说："是都贵玛都收拾了一遍，我没拦住。"

"不用拦，都贵玛是个勤快人，她要是不收拾才怪了。"桑杰书记倒上茶，看到外面的积雪归拢到几个蒙古包的周围，包前包后都很整洁，"工作环境里也得有个勤快人才好呐，要不一群人没有一个好好收拾的。"

都贵玛听见桑杰书记的声音，赶紧过来，开口就问："书记，小宇怎么办？"

"什么怎么办？哦，我这还没顾上去人家呢。你这个急脾气呀。"桑杰书记哭笑不得地说，"来，来，我给你叫下分管妇联工作的干部，你先熟悉工作。"

"那小宇……"

"你别急，我安顿完马上就去。"桑杰书记赶紧安排人给都贵玛交接工作。之后，他骑上马去了小宇家。

都贵玛接手妇联工作后，为摸清大队妇女的基本情况，挨家挨户去摸底。她把乌兰席热大队的妇女都登记在册，并把育龄妇女、未婚妇女都了解了一遍。

白天，她骑着马东奔西走；晚上，就把情况都梳理出来。乌兰席热大队的妇女人数不算多，但是要走遍整个大队，还真是需要一些时间。牧户和牧户之间相隔很远，四五公里都算近的。

都贵玛不怕累，也不怕风吹日晒，在草原上长大的孩子没那么娇气。她的走访其实还藏着一份小小的"私心"——可以借着入户调查的机会去看看被领养的孩子。

每到一户人家，她都仔细询问妇女的生活情况、身体情况和婚育情况，若是到了领养孩子的人家，她还要问问孩子的情况。特别欣慰的是，孩子们都生活得非常好，他们的父母亲都把孩子当成宝贝，她心里有说不出的高兴。

做摸底调查时，只要路过大队部，她都会进去找桑杰书记，有几次没遇见，她心里就有点着急。有一次，终于碰到桑杰书记了，没等她问出口，桑杰书记就对她说："小宇的事有信儿了，旗里领导说了，这些'上海娃娃'到了咱们这里绝对不能受委屈，一丁点儿都不行。"

"那说了咋办没有？"

"说了，先领回来，在你那里待一段时间，再挑选合适的人家。看来以后咱们大队干部得勤走访，多了解领养人家的情况，主要看看他们生产生活上有没有困难，不让'上海娃娃'受委屈，首先得把领养人家的难处解决好。"

都贵玛的心里像开了一朵花一样。她马上回去告诉贡色玛，让她去大队递交领养申请。

小宇正式到嘎娃热布吉和贡色玛家时，已经快过新年了。夫妇俩乐得合不拢嘴，郑重地请人给孩子起了一个新名字：扎拉嘎木吉。

夫妇俩越看扎拉嘎木吉越喜欢，一有空就把他抱在怀里。小家伙也乖巧懂事，从来不哭不闹，开口就叫阿爸、额吉，听得他们的心都化了。

扎拉嘎木吉3岁时，嘎娃热布吉就把他放到马上，教他骑马。贡色玛赶紧拦着，说："孩子还小，别把孩子摔着了。"

嘎娃热布吉哈哈大笑，说："没事，我也是3岁就开始上马了。"

"你是你，扎拉嘎木吉又不是在这出生的。"

"你这是说的什么话，"嘎娃热布吉气哼哼地说，"以后不许再说这样的话了！喝咱们杜尔伯特的奶长大的，就是这里的人。他就是我嘎娃热布吉的儿子。"

贡色玛知道自己说了不该说的话，小心翼翼地看了儿子一眼，发现他正专注地盯着那匹马，并没有什么特别的反应。她用手捂着胸口，抬头看着天空，说："谢天谢地……"

嘎娃热布吉看小家伙一点儿都不怕，高兴得不停地和妻子说："你看，还真行，这才是我的儿子，上了马就有模有样！"

嘎娃热布吉牵着马一会儿慢走，一会儿小跑，逗得扎拉嘎木吉咯咯笑。扎拉嘎木吉还学着大人的样子，时而拉着长音吆喝一声。

扎拉嘎木吉虽然已经不记得第一次上马的感觉，但是从记事起，他就一直骑着一匹栗色的马。他在马背上一点一点长大，这匹马也一点一点长大、变老。

分产到户的时候，扎拉嘎木吉把这匹马留了下来。嘎娃热布吉心里有些不情愿，嘟囔道："要一匹小马能用很多年，能多干不少活儿。"

他笑呵呵地和儿子商量："儿子，阿爸再选一匹好马给你，能在那达慕上得奖的那种马，好不好？"

扎拉嘎木吉摸着他的马，说："不好。它都老了，分给别人家，马上就被淘汰了。"

看着扎拉嘎木吉恋恋不舍的样子，贡色玛摸着他的头说："我的儿子有情有义，额吉也赞同你留这匹马。"

嘎娃热布吉没说什么，妻子的话他听进心里去了。

就这样，这匹马一直跟着扎拉嘎木吉，他总是找最好的草让它吃。有一天，这匹马不见了。扎拉嘎木吉问过很多人，也在其他马群里找过，都没有它的踪影。他感到特别伤心。

一次，他找马回来，路过都贵玛额吉家时，进去喝口茶。都贵玛额吉见他无精打采的，便问："又去找马了？"

扎拉嘎木吉点点头，不作声。

"它去了它想去的地方，你找不到它的。孩子，放下吧，别找了。等你结婚的时候，我再送你一匹栗色的马。"

"好。"他闷闷不乐地回答。

从小到大都是这样，好像只有和都贵玛额吉说了，一件事才算真正结束了。不管大事小事，都贵玛额吉就是给他的心事画上句号的人。

都贵玛额吉在他心里的位置举足轻重。他敬她，信她，爱她，依赖她的程度甚至比依赖自己的母亲还要多一点。

他心里装着对父母、对都贵玛额吉的感激和爱，但从来都不曾说什么，只是默默地记下他们的好，并告诉自己以后一定回报他们。

扎拉嘎木吉结婚的时候，都贵玛准备了钱和十几匹马，还特别挑了一匹栗色的马送给他。

娶亲的时候，扎拉嘎木吉就骑着这匹马去迎接他的新娘娜仁其木格。

这匹马也伴随着3个女儿出生、长大，就像都贵玛额吉的爱，一直陪伴着他和他的家人。

第四章

脑木更，神奇的脑木更

脑木更是都贵玛生活多年的地方。虽然都贵玛现在已经在四子王旗政府所在地乌兰花镇定居，但是她的家还在脑木更，她的孙辈还在，她热爱的草场还在，在她的关心下成长起来的部分"国家的孩子"也在。

几番想去脑木更采访，都因故未能顺利成行，这反倒使我更为惦记脑木更。多少个夜晚，我在电脑前查阅脑木更的资料，把那些硬邦邦的资料与那段充满母性温暖的往事联系起来，反复咀嚼，直到"脑木更"这个词化在我的心里，化成无垠的蔚蓝，化作海一样的深情。

一

去脑木更苏木的那天，四子王旗宣传部安排的领路人是扎拉嘎木吉最小的女儿珠拉。她在苏木担任妇联工作，由她带路再合适不过。

珠拉是典型的蒙古族美女，30岁左右，圆圆的脸，一双杏核眼，皮肤白皙，吹弹可破。

我非常自然地落入俗套，觉得她的父亲生于江南，她白嫩的皮肤自然是遗传自她的父亲。没想到她说："我妈妈特别白，我随了我妈了。"

珠拉的话不多，没有过多的客套，也没有接待中那种刻意的关照，她的举止端庄、大方、自然。在她的身上，既有传统的礼数，又有现代青年的敏慧，让人非常舒服。

她熟练地驾驶着她的小红车，在广袤的杜尔伯特草原奔驰。草原歌曲一直在车厢中萦绕。我们好像都融化在音乐里，谁都不说话。

一路上，无边的草原在车窗外缓缓地向后移动，走过一片，眼前还是，让人恍惚是不是在同一个大自然的布景中。

热情狂野的音乐一路伴随着我们穿越苍茫原野，这样的旅途配这样的音乐再合适不过，有一种在电影里的感觉。

"我奶奶是特别了不起的人，可以说是伟大。"珠拉的一句话开启了聊天模式，没有什么铺垫，也不需要铺垫。

"养育'国家的孩子'的每一位母亲都很了不起。能疼爱一个和自己毫无血缘关系的来自几千公里外的孤儿，还培养得那么正直、朴实、善良，你的奶奶就是很了不起。"我由衷地感叹着，"而且这么多年，就养你阿爸一个孩子。"

"还有一个姑姑。后来，我奶奶又收养了两个叔叔。这两个叔叔不是上海孤儿，是当地的孤儿，都是我奶奶养大的。"

我有点蒙，这个情况和我了解的不一样。扎拉嘎木吉是家里唯一的孩子，可是珠拉从小在爸爸妈妈身边长大，这一点，珠拉怎么会错呢？

"又收养了两个？4 个孩子啊，那你的爷爷奶奶真的很了不起！"

"所以说，我奶奶很伟大。在我心里，她就是我的亲奶奶。"珠拉感慨地说，"奶奶一辈子都是心里装着别人的人。我没见她愁过、抱怨过、计较过，从来对谁都是宽宏大量，能帮一把就帮一把。"

我的脑海里顿时出现一个坚强、热情、善良的贡色玛的形象。这些话，虽然就几句，却比扎拉嘎木吉说起的母亲更令人崇敬。

对，崇敬。珠拉的语气里就是崇敬。

"我家和奶奶家就离两三公里远，我每天都往奶奶家跑。"

"你们不和奶奶一起生活吗？"

"不在一起，我爸和我妈成家后就有了自己的草场。奶奶最疼我了，每次一看到我，就在家里给我找好吃的，每次都像变戏法似的变出水果糖。"珠拉的语气里充满了幸福感，"有时候，我就住在奶奶家。奶奶可会唱歌了，晚上睡觉前就唱歌给我们听。当时姑姑家的哥哥、姐姐也都像亲兄弟姐妹一样……"

听着听着，我恍然大悟，原来她所说的"奶奶"并不是贡色玛，而是都贵玛。

她的语气自然、亲切，就跟说自己的亲人一样。

那么远的路，珠拉走得特别轻松，有种惯熟后的随意。她仿佛在用她的一举一动告诉我们：这不就是回家嘛！牧区再远，牧场再大，谁会不认得回家的路呢？

在我一个外乡人看来，这草地上哪里有路，不过是自然轧出的车辙。别看茫茫草原好像无遮无拦，可以任性驰骋，但凡是到这里的人，尤其是牧人，他们只按着经年碾轧的车辙行走，而那两道细细的车辙还会在某一处与另外一条交织，分离出不同的方向。要辨出哪条路是通往哪里的，不在这里生活的人是很难弄清楚的。

这个时候，你可能会自然地想起导航，那就真是想错了。当珠拉带着我们进入草原腹地的时候，手机的信号已经非常微弱，以至于我的翻译小朋友杜兰接打电话时，都需要出去四处找信号。到了原生态的牧区，最好使的一定是宝贵的生活经验。

生活在牧区的人熟悉每一条车辙，他们每个人的心里都有一套天然的导航系统。这套系统以情感为轴心，他们沿着心灵的地图，闭着眼睛都能找到自己的家。

珠拉就是这样。

她先是沿着神舟路走。神舟路崭新、黝黑的沥青路面，在浅黄色的草野里显得分外醒目。这是专为神舟飞船降落而修的路。这条路也让这一带牧民的出行变得更加方便、快捷。

杜尔伯特草原上的人热爱国家、热爱家园，不但有都贵玛这样的模范，也有支持、配合神舟飞船降落的牧民们。每当神舟飞船降落在杜尔伯特草原时，都是当地牧民非常兴奋、特别具有安全意识的时刻。他们会自觉配合政府划定禁区，任何一个外来人都逃不过他们的眼睛，哪怕是未经允许前来采访的记者也不行。不管平时多么热情好客，这个时候，他们只有一个原则：不放过任何一个陌生人。

当载着航天员的汽车在神舟路上奔驰的时候，沿途会看见牧民们自发地在离自己家最近的路段，手捧着哈达、银碗、奶食品，唱着当地的民歌相送。他们热爱草场，珍视家园，为这片土地能为国家航天事业做贡献而自豪！

快到目的地时，我们的车钻进了草原的小路。

沿着细细的车辙，珠拉熟练地驾着车，左拐右绕，根本不需要考虑该朝哪个方向走，也没有半点犹豫。她能恰到好处地开到某一片草场围栏的铁丝栅栏门前，停车，下去打开简易的门，把车开过去，然后下车把门扣住，再上车继续前行。她会说，去奶奶家，要经过谁谁谁家。她也会一边走，一边指着无边无际的草地说："这是我家的草场。"珠拉家的草场有一万亩，无法想象的大。

当年，由于娜仁其木格的类风湿病症加重，扎拉嘎木吉陪着她在乌兰花镇看病，扔下这片草场没有人打理。大女儿、二女儿都嫁到远处了，只有上高一的珠拉辍学回家照看家里的草场。

"原来我家有800来只羊，到我手上，现在就剩100多只了。还是不太会养吧，所以越养越少。"珠拉不好意思地笑了，"家里3个女儿我最小，小时候真没做过什么活，姐姐们都出嫁了，妈妈又得了病，我就都得管起来了。本来我的学习挺好的，但是考大学和照顾妈妈相比，我觉得还是妈妈更重要。我后悔没初中一毕业就回家帮妈妈，也许能让她少累一点，或者能早点发现她的病，早点带她去医院，她就不会那么痛苦了……我妈妈还是走得太早了。"

3个人忽然都沉默了。车载音乐激情地响着，这声响更加重了3个人的安静。这种安静像一条宽宽的河，把我们与刚才的话题隔开了。

一群骆驼的出现，打破了这种安静。

我们的出现也搅扰了悠然的骆驼。它们远远地看着停下来的车，还有举着手机不断拍照的我们。

"你一直住在牧区吗？"我站在下风口，一句话刚问出来就被风呛了一下。

"现在我大部分时间都在乌兰花。我妈妈去世后，我爸干活儿的时候腿受伤了，我就把他也接到乌兰花，不让他多干活儿了。现在他的身体不太好，需要照顾，嘎查这边也有事，我就两头跑。"

"你不在，你的羊谁来管？"

"姑姑家的哥哥给养着呢。"

车子左转右拐，过了一个大坡后，走到了一户人家前。这是钢·特木尔和敖登格日勒夫妇的家。

车还没靠近院落时，就见从院里开出来一辆车。

"哥哥的车。"珠拉停了车，摇下玻璃和哥哥说了几句话。

那辆车走了，珠拉说，这就是姑姑家的儿子。我才明白"姑姑家的哥哥"就是都贵玛的外孙图布新吉日格勒。

这一天，钢·特木尔家正在做什么活计，四邻八舍都抽空来帮忙，活儿做完了，一桌人正在吃饭、喝酒、聊天。图布新吉日格勒也是来帮忙的。

在牧区，谁家里有事，邻居们都会来帮忙。这是牧区人多年的传统。

都贵玛遭遇车祸后，为养老、就医方便，四子王旗政府给都贵玛申请了一套廉租房。

图布新吉日格勒记得，姥姥到乌兰花镇养老前，特别叮嘱守着牧场的他："别希望枯树能结果，别指望自私能成事。邻居们有事，一定要去帮忙，你年轻，不怕多出点力。"这样的话，查干朝鲁和图布新吉日格勒母子在日常生活中，没少听都贵玛说。

"其实姥姥都不用说，这么多年我们早就成习惯了。她和姥爷的为人，我们都是看着过来的。"图布新吉日格勒说，"我的姥爷、姥姥是这样，我的爸爸妈妈也是这样，我身边的很多人都是这样。"

在脑木更牧民们的眼中，都贵玛一直都是一个坚强、热心的人，对谁都一片热诚。遇到谁家有事，不用叫，她都会主动帮忙。入户做宣传、调查的时候，见到谁家有活儿，她二话不说就帮着一起干。尤其是做了妇产科医生之后，她和这片土地的联系就更加紧密了。当地人尤为看重的，也是都贵玛在脑木更一带做过妇产科医生。

二

　　钢·特木尔老人走到东偏房，出神地看着墙上的一把四胡。

　　那把四胡已经足够旧了，而且落满灰尘。

　　每次走进这间房，他都会看一眼四胡，但也只是看一眼。他已经很久没有拉过它，不知道它是不是还能拉响。也许弓和弦相触时，会因手生而导致发出的声音不再圆润，甚至有些刺耳。

　　这一天，因为我们的到来，他再次想起这把四胡，久远的记忆好像把很多往事又拉回他的脑海。

　　他拿下墙上的四胡，轻轻吹了吹上面的浮灰，摘下弓，拉了两下，音色还好。他拉过来一个木凳坐下，把四胡放在左腿上，调了调音，拉起了一首蒙古族民歌。

　　这把四胡跟着他快有60年了。

　　在钢·特木尔8岁那年，有一位叫毛·敖亨的老人游牧到了乌兰席热一带。

　　毛·敖亨老人擅长说唱，经常拉着四胡说唱故事，附近放羊的大人、玩耍的孩子总会围着他听故事，每次都少不了钢·特木尔。

　　毛·敖亨老人见钢·特木尔对四胡感兴趣，人又机灵，于是就教他拉四胡。后来，毛·敖亨老人要游牧到很远的地方，就把四胡送给了他。

　　钢·特木尔依依不舍地说："以后你还会回来教我吗？"

　　"没事的时候，你就唱唱我教你的那些故事，就等于看见我了。"

　　毛·敖亨老人走后，钢·特木尔放牧时总是带着四胡，很多人都听过他的说唱。遗憾的是，他能说的故事非常少，也没有什么机会继续学习，但是他已经掌握了四胡的演奏方法。虽然他并不懂曲谱，但只要是能唱出来的歌，他就能摸出曲调来。

钢·特木尔家的牧场与都贵玛家的牧场接壤，他比都贵玛小8岁，平时就跟着她一起玩，一起放牧。他第一次学骑马就是都贵玛教的。

"都贵玛姐姐把我扶上马背，我紧张得出了一身汗，一动不敢动。她就耐心地教我怎么抓缰绳，怎么给马指令，我很快就学会了。都贵玛姐姐骑马骑得好，别看是个女孩子，那技术一点儿也不输给男人。"钢·特木尔赞叹道，"虽说骑马是当年牧民必备的技艺，可也有高低之分呢，都贵玛就是高的。她胆子大，生性要强，什么事都不认输。"

一个女孩子，很早就失去了父母的爱，失去了在亲人面前撒娇的权利，怎么会不要强呢？宁愿身受苦，不让脸发烧。不愿意让别人看不起，就得处处事事都做在前面。都贵玛尤其愿意为集体生产出力，她养的羊比别人养得好，产羔率也高。用钢·特木尔的话说，都贵玛干啥像啥，牧业生产所有的活儿，她都干得好。

"成立文艺宣传组、照顾上海娃娃，还有后来做妇产科医生，都是首先选的她。她思想进步，工作积极，而且不计较个人得失，从来不提任何条件。"钢·特木尔说。

在文艺宣传组的几个小伙伴中，钢·特木尔的年纪最小，当时只有12岁，最大的是都贵玛，他们经常在放羊的时候一起排练节目。

公社安排他们演出的时候，会指定别人来接替他们放牧，他们就骑着马去给乡亲们演出。他们的演出也就是拉着四胡唱唱歌，说说快板书，宣传党的政策。

1961年春末的一天，钢·特木尔正拉着四胡和都贵玛练歌时，都贵玛被大队干部叫走了。后来他才知道，她被派到旗里学习去了，要做保育员。虽然不是很明白这是个什么样的工作，但是他知道，牵头人离开了宣传组，他们的演出就基本搁浅了。

他盼着都贵玛姐姐回来，继续排练、演出。自从加入文艺宣传组，他觉得生活充满了无穷的乐趣。文艺宣传组里还有一个会拉二胡的哥哥，钢·特木尔时不时地跟着他学点技法，拉四胡的水平也提高了不少。

快入冬了，钢·特木尔才把都贵玛姐姐盼回来。没想到的是，都贵玛还带回来十几个孩子，大大小小的，挤满了蒙古包。

在都贵玛照顾孩子们的这段日子里，钢·特木尔偶尔会去都贵玛家里看看，不放牧的时候，还去帮着提水，和孩子们做游戏。他本来还是个孩子，对都贵玛的工作没有更深的认识，但他知道，这是组织交给姐姐的工作任务。只要是都贵玛做的事情，他都支持。当年，都贵玛姐姐就是他的行为标杆。

"都贵玛姐姐做事认真，看她照顾那些孩子，我当时就特别佩服，也特别羡慕。吃什么，穿什么，给孩子们洗澡，做衣服，她会做的事特别多。她每天也睡不了多少觉，照顾十几个孩子很辛苦，可是我看她特别开心，一点儿也不愁。"钢·特木尔说，"她和孩子们的感情特别好，还教他们唱歌、跳舞、写字。把孩子们送走以后，她很长一段时间都缓不过来，老惦记着他们，也没心思再组织我们搞文艺宣传组的事了。"

1961年冬天，早早地下了一场雪，天气格外冷。

香菊感冒了，咳嗽、发烧，都贵玛给她喂药，不停地进行物理降温，可体温还是降不下来，她咳得嗓子里发出哮鸣音。

都贵玛想起了额吉的哮喘病，害怕极了。她马上跑出去套车，准备把孩子送到公社卫生院。

这时，正好钢·特木尔被大队派来给他们送米、面、油等生活物资。

"姐姐，你套车干什么？"

"香菊病得厉害，得赶快带她去卫生院。"

"太阳都快落山了，雪地不好走，要不明天早晨再送吧。"

"不能等了，孩子烧坏了怎么办？"

"那我送她去，我刚走了一趟公社，熟悉路。"

"也行。"都贵玛给香菊穿上最厚的棉衣，又把羊皮袄给她裹在身上，还在车上铺了羊皮褥子。

安顿好后，她想了想，说："还是我去吧。你帮姐在家里看着这些孩子。我把肉粥熬上了，你一会儿帮着舅妈给孩子们开饭。舅妈身体不好，我怕她顾不过来。"

"姐，还是我去吧。"

"你一个男孩子去，我不放心。我得亲自听听医生怎么说。"她坚决地说，"不行的话，还得往旗里的医院送。你看好孩子，别磕着碰着。"

"那你路上小心点儿。"

"你给孩子们喝粥的时候注意点，别烫着孩子。"

"放心吧，姐。"

钢·特木尔拦不住她，只好让她赶上车走了。他在后面喊道："姐，你尽量看着有车辙的地方走。"

刚刚下过一场半尺厚的雪，地面软软的，不管都贵玛怎么催促，牛车就是走不快。

那些雪看似平静，却在风的作用下悄悄地流动着，把坑坑沟沟都填平了。

在从家出来的一小段路上还能隐约看到钢·特木尔拉物资的车辙，再远一点，就看不见了。

冬天的风又冷又硬，使劲儿地吹着，刮在脸上，针刺般地疼。她给香菊盖了盖被子，又把被角塞得严严实实的。

天慢慢黑了下来。都贵玛凭着记忆，朝着公社的方向赶车。她心里急得快冒火了，可是牛仍就那么不紧不慢地走。

这怎么能怪牛呢？四周一片漆黑，看不清路况，深一脚浅一脚的，就算是骑马也不敢骑太快，一旦踩空，摔下来可不是闹着玩的。

"阿姨，怎么这么黑呀？这是在哪儿啊？"香菊迷迷糊糊中抬了抬头，看到四周一片漆黑，"阿姨，我害怕。"

"香菊，别怕啊，阿姨带着你去看医生。有阿姨在呢，你很快就能好了。你好了，咱们还和阿毛哥哥他们一起打雪仗……"

都贵玛摸了摸香菊的额头，还是热得烫手。都贵玛又抽了牛两鞭子，恨不得立刻就能到卫生院。

像这样半夜去找医生的情况，已经不是一次两次了。都贵玛从没有像现在这样害怕。孩子感冒发烧，一般吃点药，一两天就没事了，但是香菊的咳喘令她十分不安。

有一次，阿毛淘气地从墙垛子上往下跳，崴了脚。她带着阿毛骑着马，赶紧往公社卫生院跑。她害怕阿毛摔坏了骨头，治疗不及时会落下残疾。

那一夜，天黑得连星星都看不见。她的黑马就像知道她的心事似的，撒开了蹄子使劲儿跑。

到了卫生院，医生检查后说骨头没事，都贵玛才松了一口气。她发现自己的衣服都被汗水湿透了黏在身上，特别不舒服，但她的心里是轻松而安妥的。

都贵玛向组织保证过，她会尽心尽力地照顾上海娃娃，这些孩子在她跟前都会健康、顺利地成长。她不能食言。阿毛受了伤，她特别内疚，一路上都在怪自己没看好孩子。

大队书记听说都贵玛带着孩子来卫生院了，赶紧过来，见孩子没事，严肃地说："你这大晚上跑来，不怕遇上狼啊？前几天这附近的羊被咬死了好几只。"

都贵玛擦着脸上的汗，说："没想那么多，就着急阿毛的腿了，怕落毛病呢。"

"再着急也得想想安全问题，真遇上了狼，出点什么事，谁来管这些上海娃娃呢。"书记说，"我让他们去找民兵连长了，送你们回去，安全第一。以后你就去附近找人帮你一起送孩子来。我回头也叮嘱一下他们，住得近的得时常关照你们呢。你带着这么多孩子，这么跑可受不了。"

"我没事，书记。孩子们只要好好的，我就可好了。"

今晚，她又一个人赶着车出来了。书记知道了肯定会批评她，可是她顾不了那么多。很多邻居转场后都离她很远，去找人太耽误时间了。

她摸了摸兜里的火柴，看了看靠着车放着的一堆柴草和干牛粪，还有一小卡子煤油，心想，最近这一带没听说见到狼，万一遇上，点起火来，还是能顶事的。

牛车晃晃悠悠地走着，突然，她感到一阵下沉，一个轱辘陷入雪里。她使劲赶牛，车晃了几下却没有动。她下来一边吆喝着牛，一边推着车，轱辘还是没出来。看着周围，除了清冷的月光下隐约可见的雪光，什么都看不见。她心急得快哭出来了。

"阿姨，好黑呀。你不会不要我了吧？"

"不会的，阿姨绝对不会不要香菊的。来，阿姨背着你走。"

她朝着四周更远的黑暗中瞭望，突然看到一个亮点，那应该是公社发出的隐约的光亮。她背上香菊，朝那个光亮走去。

看不到路，草原被雪覆盖之后也无法看出哪里有坑，哪里是土丘。她深一脚浅一脚地走着，在空旷的雪原上，安静得只听得到她踩在雪上咯吱咯吱的脚步声和粗重的喘息声。

没走多远，她隐约听到了马蹄声，心里忽然像点亮了一盏灯。她知道，不管是谁，哪怕是一个陌生人经过，她都有希望了。

马蹄声由远及近，很快就到了她的跟前。

"哎，这是谁呀？"

"都贵玛。"

"都贵玛？哎呀，咋是你？"朝鲁和孟克赶紧下马。

朝鲁把缰绳递给孟克，把孩子接了过来。

"咋了？孩子病了？"

"是，都两三天了，就是不退烧。"

"你咋不赶车呢？这走到卫生院，你不得累坏了啊！"

"车陷在那边了。"

孟克二话不说，赶紧上马去找人弄车。

"你们这是干啥去？"

"晚上桑杰书记召集党员在他家开学习会，刚学习完。书记嘱咐我俩先去公社看看值班的人有没有什么特殊情况，没想到碰上了你。"

"幸亏遇到了你俩，不然……"

旗医院下派来脑木更的医生正好在卫生院，他仔细地给香菊做了检查，最后确诊是支气管发炎。医生马上给她输液，还给她打了一支退烧针。

"你送来得及时，要是转成肺炎可就麻烦了。输几天液，她很快就会好的，别担心。"

听了医生的话，都贵玛才放了心。

她一直陪着香菊，输完液，香菊烧得也不那么厉害了。她搂着香菊沉沉地睡着了。

香菊需要在卫生院输几天液，都贵玛既担心香菊，也不放心家里的孩子们，于是找大队书记安排人照顾香菊，她自己赶了回去。

都贵玛和钢·特木尔说起一路的遭遇，庆幸香菊送得及时，钢·特木尔却着实为姐姐捏了一把汗。他后悔不迭地说："我跟着你一起去就好了，我可真笨，脑子没转过弯来，就想着留下管这些孩子了。"

都贵玛轻松地笑着说："也没遇到多大的难处，孩子没事就好，别的都不是大事。"

"还不是大事？这要是离得远，车走不了了，你们不得冻坏了。哎呀，我真是笨呢。"

钢·特木尔那次真是后怕了，不过他也佩服都贵玛的勇气。一个姑娘顶风冒雪，真不容易。"这是我遇见的，没遇见的时候，孩子有点毛病，找医生，找药，她不知道做了多少事，但她从来都没和别人说过。她就是爱说好事、不爱说难处的人。"

他说的，我也有体会。多次和都贵玛额吉聊到带孩子的情况，她都是平淡地说："带孩子就和平常家里一样的，给他们做饭，洗衣服。有时候孩子病了，就找医生看，喂药什么的。"

这极平常的一两句话，却蕴含着巨大的信息量。那是一个19岁女孩子的深情守护，是多少个日日夜夜的担惊受怕，更是夜以继日的操劳，还有分别时的牵肠挂肚和漫长岁月里的惦念。

钢·特木尔在牧区做了多年的兽医。他说："当年还是都贵玛姐姐鼓励我去参加兽医培训班，学了这项本事呢。"

20世纪70年代初，各公社都很少有兽医。牲畜生病的特别多，畜牧生产受到很大的影响。各公社都十分头疼，有的公社也尝试引入兽医，但由于不是本地人，很难在牧区扎根。旗畜牧部门决定在各大队组织开办兽医培训班。

乌兰席热大队干部挨门挨户地做动员，号召大家去学习兽医技术，可是很多人不愿意去。因为去学习会耽误放牧挣工分，而且对于文化程度普遍不高的牧民来说，学习兽医技术也存在很大困难。

钢·特木尔有些动心，便去找都贵玛商量。

都贵玛特别赞同他报名学习，说："学兽医，那是真本事。学会了就再也不用为牲畜发病犯愁了。咱们牧民什么事最大？当然是放牧。牲畜们都没毛病，再勤快点儿，壮大不是很容易的事吗？"

"我一去学习，家里很多活儿我阿爸额吉忙不过来。"

"学习就是一段时间，克服一下，不行我时常过去搭照着。"

"那……要是学不会咋办？不是白耽误工夫吗？"

"你那么聪明，肯定能学会。将来学好了，就是咱们这一带最受欢迎的人，能为集体做不少贡献呢。"都贵玛鼓励他，"去吧，难得有这样的机会。要是有学习给人看病的机会，我还想学当大夫呢。"

三

就在钢·特木尔学成兽医后不久，都贵玛便迎来了她久已盼望的学医的机会。1974年，旗政府下派旗医院的医生在脑木更等公社开办妇产科医生培训班，都贵玛参加了。也是在这一年，都贵玛光荣地成为一名中国共产党党员。

"新中国成立以前，农村牧区流行急慢性传染病和地方病，发病率和死亡率都很高。那个时候得病，就是硬扛。新中国成立以后，传染病和地方病基本被消灭了，但是农村牧区还是缺医少药。"都贵玛说起这段往事时，不由得想起了自己的母亲，"我妈妈没有赶上好时候，不然也不能那么早就走了。妈妈病逝一直都是我的一个心结。我从小就想，有一天要学当大夫，治病救人。"

20世纪60年代后，大批城市医疗队下乡，开办了各种医疗培训班，农村牧区医生的队伍也逐渐扩大。尽管如此，牧区的医疗条件依然很差，尤其是妇女生育，风险特别大。

"我们这边经常有因为难产没的人，很多人都把生孩子叫作闯'鬼门关'。"都贵玛说，这是她去学妇产科医生的缘由，也是那一时期牧区家庭育龄妇女之痛。

20世纪70年代中期之前，脑木更一带没有专门掌握接生技术的人。妇女怀孕后，有的人初期还到公社卫生院做检查，之后就很少做产检了。临盆的时候，多半都在家里生，由生过孩子、比较有经验的老人帮着接生。遇到难产等紧急情况，卫生院解决不了的，还得去一百多公里外的旗医院。很多时候因为耽误了救治的时间，大人小孩半路上就没了。

"学习能让人长知识，长见识，一点儿不假。我虽然在那个时候已经有了女儿，可是在培训班学的那些知识，都是我不知道的，真是大开眼界，原来接生孩子还有那么多学问在里面。"

都贵玛感觉自己的肩上又多了一项光荣使命：守护牧区妇女的生育健康。

虽然妇产科知识并不是她最初想学的医疗知识，但这些知识对牧区育龄妇女而言是非常有用的。

当时，参加脑木更公社妇产科医疗培训班的人不少，乌兰席热大队也动员了好几位妇女参加。可是，由于很多妇女文化程度不高，学起来非常吃力，加上放不下孩子和家里的活计，多半都中途退出了，只有都贵玛一直坚持着。

培训班的老师斯日吉玛是四子王旗医院妇产科的医生。她并不是四子王旗人，毕业分配时，她响应国家"到基层去锻炼"的号召，来到四子王旗医院，自此扎根在这片土地。

在农村牧区缺医少药的年代，斯日吉玛没少下乡。她觉得，越是医疗条件相对落后的地方，越需要她来守护女性的健康。可是，旗医院的人手有限，很难时时顾及农村牧区，像脑木更这样离旗政府150多公里远的牧区，医生来一趟要走大半天的路，很难为育龄妇女进行经常性的检查。

如今，斯日吉玛已经87岁高龄，但对四子王旗医院的工作经历仍记忆犹新。她说，她最美好的年华都是在那里度过的，对四子王旗的农村牧区非常熟悉，与很多农牧民建立了深厚的感情，都贵玛就是其中之一。

"都贵玛不管我叫老师，一直叫我姐姐。都贵玛是个长情的人，现在逢年过节，还给我打电话问好呢。我们谈得来，她和我讲过想学医的缘由。虽然做妇产科医生和她内心想当的医生不是一回事，但她还是踏踏实实地学下来了。"斯日吉玛说，"都贵玛学习特别认真，不懂就问，而且刨根问底，一定要弄懂，有股不服输的劲儿。不管多难，她都不怕，既沉稳又机灵，心理素质还好。这些优点，特别适合当一名妇产科医生。"

斯日吉玛希望牧区能多几个像都贵玛这样有韧劲又好学的人参加培训。若是牧区多几个妇产科医生，就等于旗医院服务的手臂延伸到基层，而且能做到随叫随到，最大限度地保障育龄妇女的生命安全和新生儿的成活率。

"我出诊的时候常常观察都贵玛，她就在一旁认真学习，小本子不离手地做记录，每一个步骤，每一个问话，甚至把我出诊时的动作都记下来。我问她，你记动作和问话做什么呢？她笑着说，我脑子慢，回去没事的时候，得好好琢磨，慢慢领会。其实，她哪里是脑子慢，在我看来是严谨。有时候，通过她在旁边帮忙就能感觉到她会按照程序、步骤来，心很细，很少丢三落四的，这是她勤记笔记、反复记忆的结果。"

斯日吉玛比都贵玛大8岁，特别喜欢都贵玛，时常像关心妹妹一样关心都贵玛的成长。不管多忙多累，只要都贵玛在身边，斯日吉玛就会随时把自己工作中的心得体会告诉她，还给她讲遇到的各种病例和遇见特殊情况时的应对措施，并且耐心解答都贵玛的每一个问题。

斯日吉玛从脑木更回旗医院前，把自己用了多年的医药箱送给都贵玛，叮嘱她：做妇产科医生，要时时有如履薄冰的谨慎，尽心尽力，还要有细心、耐心。只有经常关注，才能及时发现孕妇的状况。牧区没有良好的医疗条件，你就得对孕妇的情况了如指掌，才能尽早判断，如果生产有问题，就早点儿送到旗医院来。

斯日吉玛说："脑木更地处偏远，交通不便，来一趟旗里不容易。都贵玛每次来旗里都去医院看我，她会把近期学习、接生的感受和我说说，不懂不会的，也要一问再问。她还自学了很多医书上的知识。她总说，'医学无止境，我越学就越觉得自己会的太少了。'你看她，钻进去了。"

说到这里，斯日吉玛站了起来，从书柜里找出一本相册。她指着一张照片说："这是1984年我和都贵玛一起参加四子王旗政协六届一次会议时的合影，你能找见我们吗？"

那张黑白照片已经泛黄，斯日吉玛年轻、美丽的笑容定格在岁月深处。在那些笑容中，很容易就看到蹲在第一排与斯日吉玛相隔两个人的都贵玛，面容沉静，目光坚毅。

说起都贵玛曾经做过妇产科医生，钢·特木尔停下拉四胡的手，说："我家的5个孩子都是都贵玛姐姐接生的。"

敖登格日勒生大女儿的那天，都贵玛才从学习班回来不久。敖登格日勒开始阵痛时，钢·特木尔就赶紧骑着马，又牵着一匹马去找都贵玛。

钢·特木尔说，也就十几分钟的路程，他第一次觉得那么漫长。

都贵玛当时正在家里干活儿，一听说敖登格日勒要生了，二话不说，拿起医药箱就走。

到了钢·特木尔家，都贵玛才松了一口气，阵痛刚刚开始，离生还有段时间。都贵玛摸着敖登格日勒的肚子，胎位很正，已经入盆。她有条不紊地开始准备工作。

女人的生产关就是生死关，这一点，都贵玛比谁都清楚。她想起第一次和斯日吉玛老师出诊，是到江岸公社的一户牧民家，上午过去的，直到天黑才生。那是她第一次全程参与新生儿的分娩，既紧张又兴奋，为这个小生命的到来而激动。

"妇产科医生的一双手，托着的是两条人命，也是一个家庭的希望。"星夜归来，斯日吉玛老师对她说。这句话沉甸甸的，多少年来都贵玛都不敢忘记。

她耐心安抚着阵痛中的敖登格日勒，心里着实有些忐忑。斯日吉玛老师刚刚回旗医院，她就迎来了第一次独立接生。

她定了定神，告诫自己不能慌。她在脑海中回忆着和老师出诊时的每一个情景以及老师的每一个动作，每一项准备。

一家人都很着急，敖登格日勒的阵痛却不紧不慢。

"这个孩子可不着急，看来是个慢性子的。"

都贵玛和敖登格日勒说着话，分散她的注意力。

"哎呀，性子太慢也受不了啊。"

"慢性子有慢性子的好，不是都说忙中出错嘛。"

"那……"敖登格日勒刚想说什么，阵痛又开始了，她不禁轻轻地"哎哟"了一声。

这一波阵痛开始后，一阵紧似一阵，5分钟一次，3分钟一次……每一次疼起来，敖登格日勒的脑门就都是汗。她感觉每一个骨缝都在开裂，那骨缝里有钢针在不停地扎她。敖登格日勒强忍着不出声，眼泪从眼角流了下来。

"姐姐，我……是不是快……死了？"

"别胡说，再坚持一下，你就要当额吉了。"

"我害怕……"

"别怕，有姐姐在呢。"

都贵玛安抚着，帮助着，引导着……

深夜，婴儿的啼哭声划破了夜的寂静。

都贵玛把孩子洗干净，包好，放在敖登格日勒的身边。

敖登格日勒看着身边的婴儿，心里萌生出暖融融的情感。她支撑着虚弱的身子，端详着孩子，轻轻地用脸挨了挨婴儿的脸。

都贵玛看着这一情景，眼眶不禁有一些湿热。生育之痛，没有经历过的人是很难理解的。然而剧痛之后，是拥抱新生命的美好，这又是做母亲的人最幸福的时刻。

钢·特木尔看见都贵玛疲惫的样子，想留她住下，但都贵玛惦记着女儿，而且家里的羊要下羔了，女儿一个人在家，她不放心。

钢·特木尔不放心都贵玛一个人走，于是安顿他的额吉照看敖登格日勒和孩子，他上马送都贵玛回家。

"姐姐，累了吧？"

"还好。"

"我今天太高兴了！"

"我也很高兴，第一次接生就这么顺利。"都贵玛嘱咐他，"当阿爸了，就再不能小孩子似的。家里得暖一点，别让她太早干活儿，要把身体养好了。"

"对，养好了再生个小子，儿女双全。"钢·特木尔开心地说。

今日痛饮庆功酒

壮志未酬誓不休

来日方长显身手

甘洒热血写春秋

…………

钢·特木尔忍不住唱起了《智取威虎山》中的戏词，用的却是蒙古族说唱的曲调。

"你这么唱，听着很奇怪啊。"都贵玛打趣地说。

"哈哈哈，那我不是不会那个调嘛。"钢·特木尔突然勒住马的缰绳，大声地说，"真想现在就拉上四胡唱一曲……"

"赶紧走吧，好早点回去抱你的宝贝。"都贵玛催促道。

钢·特木尔和敖登格日勒后来又生了3个女儿、1个儿子，都是都贵玛接生的。

"个个都生得健健康康的，尤其是我的儿子，出生的时候哭声特别大，特别亮。都贵玛姐姐说，这小家伙将来一定是个性格爽朗的男子汉。"钢·特木尔说完，拉起四胡唱了起来。我听不懂歌词的内容，他略带沙哑的苍老的嗓音唱得忧伤而苍凉。

敖登格日勒进来往炉子里添了几块牛粪。她听丈夫唱着，站在炉子前愣怔了一下，默默地走了出去。

珠拉悄悄地和我说，钢·特木尔唱的是一首悲伤的歌，他们的儿子几年前出车祸去世了。可能说起几个孩子出生的事，钢·特木尔的心里又思念儿子了。

四胡低沉的声音与老人的声音交织在一起，在屋子里回荡……

四

张志忠是外来户，在脑木更以放牧为生，在这片土地上已经生活了快40年。

张志忠家是汉族，几代人一直过着农耕生活。他听叔叔说，脑木更牧区的日子好过，草场辽阔，民风淳厚。1972年，他随父母从四子王旗农区巨井号来到脑木更公社乌兰席热大队，就在这里扎了根。

初来时，他们一家人显得格格不入，语言不通，生产生活习惯也不一样。他觉得孤单，也不怎么和人交流。上学前，他很抵触，怕到了学校因语言不通而受到冷落。父亲硬逼着他去了学校。他慢慢发现，同学们和他在一起玩耍时，没有一个人会因为他是外来的而歧视他，这让他感到意外和温暖。

和同学们玩着玩着，他就听懂了蒙古语。牧区的孩子也懂得汉语，他和同学们的交流虽然各说各的语言，但全无障碍。后来，他也能简单说一些蒙古语，同学们听到他生硬的发音，有时候也会和他开善意的玩笑。

他的父亲性格开朗，心灵手巧，很有韧劲儿。他虚心向牧民们学习放牧、接羔和熬奶茶的技巧，也学他们酒至微醺踏歌起舞的乐观，以及对草场、生灵的珍视。几十年过去了，张志忠一家已经变成地道的牧民，家里养着不少牛、羊和骆驼。

张志忠结婚后，在公社的牧业技术培训班学习了配种技术，担任了大队的防疫员。

大队派张志忠给都贵玛家负责放养的牛群进行配种工作。打那时起，他跟都贵玛熟络起来。

当时，都贵玛身兼三职，既做大队的妇联工作，又做妇产科医生，还放着大队的牛和羊。放牧可以挣工分，这是都贵玛唯一有收入的营生。

张志忠的工作是每天观察母牛发情的情况，早上发情的牛在当天下午配种，下午发情的牛在第二天早上配种。张志忠每天早上天不亮就得从家里出来，都贵玛看他太赶，就把家里的偏房收拾好，让他住下。他特别高兴，带来了炒米、白面，准备自己开火。

看他一个大男人在那里笨拙地生火做饭，都贵玛说："你就跟着我们吃吧，反正我们每天也得做着吃，你就别单做了。"

"大姐，那不合适。这就够麻烦你了，我还是自己做吧。"张志忠难为情地说。他觉得住下已经够打扰都贵玛一家人的生活了，再在人家吃饭说不过去，而且自己也是挣工分的。

他执拗着不肯过去吃饭。都贵玛的丈夫过来拉着他，边走边说："你赶快过来吧，都等你吃饭呢。"

进了屋，查干朝鲁就把热乎乎的奶茶端给他。

张志忠连续两个大半年都在都贵玛家吃住，都贵玛对待他就像自己的孩子一样，直到红牛配种的工作完成，他才告别了都贵玛一家。

"他们夫妻都是好人，都把我当成一家人。"张志忠说，"都贵玛虽然是妇产科医生，但在当地，谁有个头疼脑热的，尤其是谁家的小孩子得了病，都会来找她。她从来都是二话不说，背着她的药箱骑上马就走，不管手里的活儿多忙。她总说，病不等人。她的心比病人的家属都急。她特别有耐心，我家孩子生了病就找她，她对待小孩子很有办法，会哄着他们把药吃下去。"

在牧区评价一个人是不是一个好牧民，有两个标准：一是看平时的牲畜膘情，二是看大灾之年的保畜率。说起来简单，做起来却很难，正因为难才能分出高低。同样的年景、同样的牧场、同样的品种，有的人能保住牲畜少死，甚至不死，有的人却遭受严重的损失。

"都贵玛在我们这一带是放牧的好手，把集体的畜群伺候得比自家的还精心呢。"张志忠说，"牧区分产到户后，也是她家的畜群养得最好。要不是她特别爱帮助人，她家的生活肯定过得更富裕。"

为了能更多地帮到乡邻，都贵玛平时也买一些医学方面的书，走访周边有经验的医生，向他们学习诊病的方法。每次去乌兰花镇，她也一定会去旗医院找斯日吉玛老师开一些常用药。她的小药箱里有降压的、感冒的、消炎的、止痛的、消化的、治腹泻的……简直就是"百药箱"。

查干朝鲁担心额吉，怕她本来是好心帮忙，万一看不好病反而落埋怨；也怕额吉经常忙到深夜，一个人骑马回来不安全。她对额吉说："你又不是专门的医生，看坏了怎么办？"

"大家都信得过我，来叫我，能不去吗？看不了，我也得过去帮忙。你放心，额吉心里有数。"都贵玛对女儿说。其实她的心里也是忐忑的，可她就是不能坐视不管，心里过不去。

张志忠说，他在都贵玛家待的一年多时间里，都贵玛家多了两个儿子。那是本地的两个孤儿，兄弟俩的母亲、父亲相继去世，他们无家可归。

都贵玛领着两个孩子回来时，正是黄昏时分。张志忠刚刚给牛配完种，远远地看见都贵玛赶着车回来。

夕照下，她和两个孩子的剪影明晰地刻在了他的脑海里。

都贵玛把两个孩子抱下车，一手牵着一个走进家门。她的丈夫费解地看着她，问："这是谁家的孩子？"

"额大哥家的。额大哥前几天没了，这两个孩子可怜的，没有家了。"

"那你领回来，咋办？"

"咱们养吧，给查干朝鲁添两个弟弟。"都贵玛见丈夫还在看着她就解释道，"我本来打算先过去看看，帮着料理一下后事。可是我到了他们家，那里比冬天的牧场还荒凉。两个孩子这么小，根本照顾不了自己，连饭也吃不上。我……就先领回来了。"

"给孩子找两件衣服换上吧。"丈夫说完就出去看羊了。

都贵玛心头一热。她明白丈夫话里的意思：给孩子换上自家的衣服，就是自己家里的人了。

"孩子们饿了，我先做点面。做完饭，我看看过年时候买的那块没来得及做的布料，够不够给孩子们做两件新衣服。"都贵玛兴奋地自言自语。

两个孩子怯生生地看着她，既不说话，也不敢动。"孟和吉雅、朝格德力格尔，以后这里就是你们的家，我们就是你们的阿爸额吉，知道了吗？就像在你们家里一样。"她蹲下来，轻轻地握着他们的手，"饿了吧，我马上给你们做饭。你们先玩一会儿，等着额吉。"

都贵玛说完马上洗手，先从面袋子里舀出两碗面粉，再取来一瓢水，停顿了一下，又从面袋子里舀了一碗面粉，然后倒上水和起面来。

张志忠被眼前的情景感动了，他马上去提了一桶牛粪回来，把炉子里的火烧旺。

锅里的水很快就翻起了水花，面片下进去在水里翻滚着，散发出面的香味。蒸腾的热气在屋子里飘起来，又很快散去。

时隔近40年，这一餐饭，都贵玛的女儿查干朝鲁还记得清清楚楚。

查干朝鲁说："当时，两个弟弟吃得很香，额吉却没怎么吃东西，就看着他们狼吞虎咽，额吉的眼神里都是慈爱。她看着看着就有点出神了，说：'也不知道那些孩子怎么样了，他们应该都成年了，再有两年就该成家立业了。'额吉说这句话的时候，就感觉她特别想见那些上海娃娃，想知道他们都过得怎么样。"

日子过得真快，当年孩子们被领养走的时候，都贵玛有多不舍得，现在就有多牵挂。她觉得要是能看着他们长大成人，应该是一件特别幸福的事。可是，她不符合领养条件，她的申请被公社退回来了。

她错失了领养孩子们的机会，除了扎拉嘎木吉、阿毛之外，她几乎没再见过其他孩子。

从都贵玛家的牧场出来，天已经黑了，白天撒欢的风到晚上竟然不见了。到底是初冬时节，已经有了寒意。

牧区无月的夜，伸手不见五指。别说东南西北，就是白天那些细细的车辙，也很难再看见了。

在一片漆黑中，车子开出去不远，珠拉说："我感觉方向不对了。我咋找不着路了呢？"

她把车停了下来，下车看了看天空，说："方向不对了。"

我也跟着下车了，除了车灯划定的一个可视的范围外，其他地方都掩藏在黑暗中。

黑暗是最容易催生想象的，尤其是对各种未知事物的想象。我心生恐惧，仿佛天地间突然长出许多毛毛刺刺的东西在没有秩序地摇晃。我下意识地缩了缩肩膀，心想：在这样的暗夜中策马奔跑，或者赶着牛车走，都是不可思议、无法想象的。

"过去你奶奶为孩子们去找医生啊，或者去谁家接生啊，难道就是在这样黑的夜里骑着马走吗？"

"都得这样走啊，有时也赶车。要不说我奶奶可辛苦呢。"珠拉看着天空的繁星，辨别方向，"现在是太平常的黑夜了，要是下雪天，根本看不出沟沟坎坎，马蹄陷一下，就有可能把人直接摔下去。我们这里可多人都是这么摔坏的。"

"牛车好一点吧？"

"也不行，车轱辘陷在什么地方，出都出不来。在这空旷的草场上，找人帮忙都不可能。所以黑夜尽量不出门，尤其是有雪的时候，万不得已才出去。你想吧，我奶奶那些年可是经常都'万不得已'呢，孩子有病、生孩子这些都是不等人的事。"

她正准备上车时，忽然看见车后方很远的地方有一辆车缓缓开过来。

她上了车，系上安全带，说："估计是哥哥。"

果然是图布新吉日格勒。

车开到近前，他摇下玻璃，说："我看着你们朝相反的方向走了就赶紧追，我带你们一段。"

珠拉笑着，像小时候一样，乖乖地跟在图布新吉日格勒的车后。

"哥哥不放心，肯定是一直站在院子里看着咱们呢。"

图布新吉日格勒把珠拉的车引到正确的路上后，就把车停在一边，对珠拉说："你就沿着路走吧，能找到了吧？"

"能了，你回吧，哥。"

"那你路上慢点开，黑的。"

"知道了。"

图布新吉日格勒这才回去。

珠拉笑着说："看看，我差点把你们拉到不知道什么地方去了。"

"能换几只羊不？"我逗她。

"那可不行，我奶奶总说，做事得有责任心。我把你们拉来的，得安全地给你们送回去。"

"有哥哥就是好啊！他的心可够细的。"

"从小到大，他一直就这样，特别有哥哥样儿。每次我跑到奶奶家，哥哥都得骑马送我回去。要是有人敢欺负我，哥哥肯定不让。想想小时候还是有意思，你说那个时候吃的没啥好的，穿的也不好，可就是那么有味道。"

珠拉突然感慨起来。大概是当天大家都在回忆往事，打开了她记忆的门扉。

"我就是奶奶接生的，奶奶最疼我，我是她双手接到这个世界上来的。这里还有个故事呢。"

这个故事是她的妈妈娜仁其木格给她讲的。从小到大，妈妈和她讲了不止一遍。

珠拉的两个姐姐出生之后，娜仁其木格又生了一个儿子。儿子两个月大的时候患上急性肺炎，还未及时救治就没了。

得知孩子没了，都贵玛急忙赶到扎拉嘎木吉家，看着娜仁其木格流着眼泪和孩子道别，心都要碎了。怎么能不伤心呢？她亲手接来的孩子，要亲自送走了。

娜仁其木格抹了一把锅底灰擦在了孩子的左腿上，喃喃地说："孩子，你要记得回家的路，以后还回家来吧。"

第二年，娜仁其木格又怀上了，她的第一个反应就是骑马跑到都贵玛家告诉她。都贵玛特别高兴，计算着怀孕的周期，按时到扎拉嘎木吉家给娜仁其木格做检查。

她对娜仁其木格说："快到预产期的时候，你就去公社卫生院住着，或者事先请好医生来接生。"

"不，我就让额吉接生，我就信得过你。"

都贵玛叹了一口气，说："我可是给你说了，你提前安排好，别到时候手忙脚乱的。"

"这可是你的孙子，不能不管。"

1986年的冬天格外冷。一天下午，都贵玛赶着车去公社供销社去买面、茶和油。路过扎拉嘎木吉家时，她停留了一会儿。

娜仁其木格的预产期快到了，都贵玛给她做检查后，叮嘱扎拉嘎木吉："这几天你们勤注意着点儿，儿媳妇说生就生，虽然已经不是第一次生了，可是一胎和一胎不一样，还是要多当心。"

"我知道了。额吉，你买东西回来天也不早了，就在家里住下吧。"

"不了，赶一赶就回去了，家里还有好多事呢。"

"你要是住下，我今晚就生呀。"娜仁其木格说。

"看把你厉害的，你说今晚生就今晚生啊？"

都贵玛和娜仁其木格说笑着，赶着车走了。

一应生活用品都已买齐，也装好了车，都贵玛又特意买了些红糖给娜仁其木格备着。

她觉得要变天，就催赶着牛，想尽快赶回家。行了大半路程，突然天色大变，刮起了白毛风，雪洋洋洒洒地弥漫了天空，路也看不清了。

多年的牧区生活经验告诉她，这样的天气，特别容易迷路，也特别容易发生危险。

　　白毛风越刮越厉害，风雪扑打在她的脸上，又痒又疼，她睁不开眼睛。这似曾相识的情境，让多年前的一段经历浮现在她的脑海。

　　那是1977年的冬天，也是这样一个刮着白毛风的日子，都贵玛正在杜尔伯特草原上放牧。她知道这场风雪小不了，于是赶紧赶着羊群往回走。

　　呼号的风卷着雪片在空旷的天地间横冲直撞，羊群都瑟缩着，拥挤着，行动缓慢。

　　她吆喝着羊群朝家的方向走，羊群却顺着风的方向走，无论如何也赶不回家。

　　她心急如焚，可是在这样恶劣的情况下，她又能有什么办法呢？只能慢慢地归拢羊群，尽量不要走散。她竭尽全力把羊群赶到一个比较避风的地方，寸步不离地守候着。

　　漫天的飞雪扑打在都贵玛的身上、脸上，虽然她穿着羊皮大衣，但还是冷得站不住。她不知道这场风雪什么时候才能停，但她知道如果这个时候瑟缩着会更冷。于是，她开始围着羊群跑，活动身体。一圈，两圈，三圈……渐渐地，她跑得越来越慢，体力不支，跌坐在雪里……

　　第二天清晨，大队干部发现都贵玛没有回来，赶紧派出驼队寻找，等驼队赶到的时候，都贵玛的意识已经模糊了。送到公社卫生院抢救后，她才苏醒过来，但是手、脚和脸上的冻伤都落下了病根，每年冬天都会犯。

　　回过神来，都贵玛知道没法再继续走了。她的位置就在扎拉嘎木吉家附近，凭着感觉，她把车赶到了扎拉嘎木吉家。

　　扎拉嘎木吉正担心都贵玛额吉呢，一见额吉回来了，就赶紧帮着她把东西倒腾到屋里。之后，扎拉嘎木吉给额吉烧茶，又给额吉倒了点酒，让她搓了搓冻得通红的手和脸。

　　"这天说变就变。"都贵玛被请到热炕上坐下，看着窗外的天无奈地说，

"也不知道你阿爸把羊赶回来没有。"

扎拉嘎木吉给额吉端上了茶，说："别担心，阿爸肯定都搭照好了。咱们这里哪年冬天不是这样？"

"你就安安心心地在这里待着吧，额吉，这就叫人不留天留。"娜仁其木格笑着说。

天黑了，外面的雪不歇不止地下着。大女儿帮着妈妈做了羊肉面片，一家人围坐着，有说有笑，其乐融融。扎拉嘎木吉还高兴地陪都贵玛额吉喝了两杯酒。突然，娜仁其木格阵痛起来，而且一阵紧似一阵。她歪坐在炕上，痛得直哼哼。

"哎呀，你还真的说生就生啊。"都贵玛赶紧下炕，往窗外看了看，外面仍然风雪交加，根本不可能送她去公社卫生院。都贵玛已经顾不上先前说过不给她接生的话了，马上做起接生的准备。

扎拉嘎木吉和两个女儿都紧张地看着，不知道该做些什么。

"火旺旺地烧着，赶紧烧上水！"

"对，烧水。我有点蒙了。"

两个女儿担心地看着妈妈，问："妈妈，你没事吧？"

"没事，不要怕，妈妈肚子里的小宝宝要出来和你们玩，一会儿就能看到了。"

从阵痛到珠拉出生，前后不到两个小时。

"生得够麻利的，这小丫头将来一定是个干脆利落的孩子。"

都贵玛把婴儿清洗干净，抱着小小的白白的婴儿，心里说不出的敞亮。

失去那个男孩的痛苦，让她曾经在心里闪过不再接生的念头。这一天，机缘巧合，一场白毛风把小丫头交到她的手上。这个孩子打开了她的心结，都贵玛怎么能不疼她呢？

娜仁其木格给孩子换尿布的时候发现，孩子的左腿上有一块黑记，她抱着孩子哭起来，哭得都贵玛和扎拉嘎木吉都眼泪汪汪的。后来，她几次和珠拉讲这件事的时候，说："你等于出生了两次，都是奶奶亲自把你接到这个世界上来的。"

珠拉长大后，经常会好奇地看着自己腿上的胎记，觉得特别神秘，这是一种天然的巧合，还是真的有什么关联？她说不清。

"我从小就和奶奶特别亲近，每次奶奶来，我都黏着她。能到处跑着玩了，玩着玩着就跑到奶奶家去了。"

珠拉的爷爷奶奶是在20世纪90年代初去世的，那时她还小，记忆里并没有留下多少关于爷爷奶奶的印象。都贵玛一直填补着亲奶奶的位置，给她更多的爱。

珠拉上学后，同学们都羡慕她，说她不仅长得好看、学习好，而且有哥哥姐姐关照，还有奶奶来给送馃子、炒米和奶食品。

"过年的时候，奶奶会买很多鞭炮，两个哥哥一份，我一份。别的好吃的也是这么个分法。大年初一，你看吧，最早来拜年的肯定是两个哥哥，然后骑着马带我们去别处拜年。拜一圈年下来，小孩子攒了一大帮，就在一起放炮、做游戏。每次大家比炮仗的时候，数我的最多，而且花样也多。我有时候特别想回到过去，妈妈在，爷爷奶奶，还有我的爷爷奶奶，他们都很疼我……"

珠拉兴奋地说着，其间也夹杂着往日不再的淡淡惆怅。

夜色不断被车灯冲开，又在后面合拢。珠拉的讲述也仿佛一条奔腾的河，滚滚而来，潇潇而去。初见时珠拉不爱说话的印象被彻底颠覆，她不但爱讲话，而且讲得生动、活泼。

极目远望，脑木更苏木政府的灯光从一豆光亮变得越来越大，直到走上柏油路，我们立即被街上清冷的灯光包围……

五

　　从脑木更回到乌兰花，去拜见都贵玛老人，说起了很多脑木更的事。当说到张志忠讲的事时，都贵玛老人笑了，说："亏他还记得这些事，我都忘了。那个时候他很年轻，比查干朝鲁还小呢。我就是把他当自己的孩子。他为大队做防疫工作不容易。"

　　"他还讲起您的姑姑、姑父也是来您家养老的。"

　　"我的姑姑、姑父也是多病多灾的。他们虽然有孩子，但是一直和我感情好，我又会看一点儿病，他们上了年纪就想跟着我生活。我把他们都接过来了，这是很自然的事。姑姑去世得早，不到80岁。姑父后来瘫痪了几年，80多岁去世的。其实，说我是医生，我当时也看不了太多的病，一般的小毛病还是能给开点药，但是起码我能判断这个毛病是不是严重，如果严重，就赶快找人往旗里送。有一些急病耽误不得，耽误了，可能一条命就没了。主要还是那个时候牧区的医疗条件太差了。医学是高深的学问，学习是没有止境的，我不过是懂得一点皮毛而已。"

　　都贵玛老人所说的"皮毛"之技，在脑木更一带不知道帮助过多少人。

　　"可以说，我的老师斯日吉玛是我的引路人，也是我坚持的动力。她对患者、孕产妇特别有耐心，有爱心，我一直向她学习。"都贵玛老人说。

　　在做妇产科医生的20多年里，都贵玛一直是随叫随到，无论严寒酷暑，无论路多远多难走，甚至是半夜，她都不会有半点迟疑。她接生了30多个孩子，没有出过任何事故，都是母子平安。

　　说起这些，都贵玛老人很欣慰。她说，这与她学的知识有关，也得益于她曾经做过妇联工作，在她的心里，对脑木更一带的育龄妇女早已经有了一本"台账"。做了妇产科医生后，她的"台账"里又多了对妇女健康状况的记录和关注。她会提前关注每一个育龄妇女，再告诉她们生育知识。妇女怀孕了，她记下大致的怀孕时间，然后每个月都会过去做检查，了解情况。对一些胎位不正、不好生产的，或者高龄产妇，她会及时提醒孕妇家人，提早去公社卫生院或者旗医院待产。

她成了这一带育龄妇女的"主心骨"，牧民们信任她，把产妇和新生儿安康的希望寄托在她的身上。

"乡亲们都信得过我，我就得尽心尽力去做好。每次顺利接生一个孩子，我比他们的妈妈都高兴。我们这个地方有一种说法，剪脐带的人就是亲人，我在脑木更亲人很多的。"都贵玛老人笑着说，"人不就是这样吗？一代一代传递着，孩子是未来和希望。虽然辛苦一点，也没有什么收入，但我觉得我做了一件有意义的事。"

1986年至1996年，内蒙古自治区率先开始农村牧区卫生三项建设工作，实施农牧区初级卫生保健发展规划，先后引进农牧区改水、妇幼卫生等国际卫生合作项目，并开始大力培养医疗专业人才，实施妇女、儿童发展规划纲要，全面推行计划免疫。

20世纪90年代后期，农村牧区的医疗条件和卫生条件都有了很大的改善，每个嘎查（村）都有了卫生室，苏木（乡）卫生院也有条件和能力处理很多疾病。卫生院、卫生室都有了全科大夫、专科大夫，接生也有了专业的助产士。

在21世纪到来之前，都贵玛从妇产科医生的岗位上退了下来，她的"百药箱"也跟着退役了。

后来，都贵玛老人把这个"百药箱"送给四子王旗蒙中医院副院长玛希毕力格医生，送去的时候，还在药箱上放了一条蓝色的哈达和一盒火柴，寓意着草原医生薪火相传。她希望"百药箱"能在玛希毕力格身边继续发挥作用，为更多的农牧民服务。

回忆往事时，都贵玛老人始终是淡然、平和而温暖的，好像这些在别人眼里特别难做到的事，在她这里都是自然而然的，不需要特别注解和说明。

二十世纪七八十年代，都贵玛先后被推选为旗、盟、自治区人大代表，数次被评为先进工作者，还获得了全国三八红旗手、全国民族团结进步模范个人等荣誉。每一项荣誉，她都特别珍惜地把证书保存好，之后依然做回一个牧民，去放牧、接羔，关心她的亲人、邻居和"国家的孩子"，为大队的妇联工作奔忙，为产妇接生，给身体不舒服的邻里送药……无论顺境逆境，都贵玛从不患得患失，能做什么事的时候就尽心尽力去做，不推诿、不懈怠，即使不做了，也不会感到失落。

第五章

草木宁静

从四子王旗乌兰花镇去红格尔苏木的早晨，天蓝得透明，一丝云彩也没有。

车行在一片又一片旷野中，目光无所阻挡，视野也随之开阔，好像能看到很远很远的地方，感觉天空很近，又很远。

大地秋黄的色彩淡淡的，收敛了盛夏的浓墨重彩，有一种繁茂过后的闲适，与天空的蓝气质相配，和谐、宁静。

第一次走在这条路上，眼前的景象让人心生欢喜。

要进入红格尔苏木需经过一片农区，收割后的庄稼地，有一种收获的满足和安稳。玉米地里只剩下齐茬儿的矮矮的秆。向日葵的葵盘被砍下来后，秆上那个垂下来的弯度还在，它们整齐地排列着，像垂向大地的一个个大大的问号。

这会儿正是放牧的时刻，总有牛群或者羊群经过乡路。羊倒腾着蹄子，小碎步快速通过；牛则不然，慢慢悠悠地走，还要东张西望。有那么一两头牛，气定神闲地站在路中间，看着车缓缓地停在离它不远的地方，看够了才大摇大摆地走下乡路。

大片的原野在柔和的坡度里铺展着，一大群羊或者牛，星星点点地散开，最终都变成一个个模糊的黑点。

在这天地之间，还有什么不是渺小的呢？

一

翻过一道梁进入牧区，眼前豁然开朗，那些庄稼、房子甚至树木都不见了，有的只是一望无际、流线起伏的草地。

带路的人是四子王旗委宣传部外宣干事张智超，一看就是多次行走在这些乡路上。在我看来，通往牧区的大路还有方向可寻，一下了公路，苍茫大地于我而言，根本辨不出东西南北。

车在爬坡，草原上的小路曲曲弯弯，感觉我们只是在兜兜转转，视野里根本看不到半点房屋的影子。唯一可见的就是围栏，界定着每一户人家的草场范围。

越过一道梁后，再向另一道梁驶去。没有尽头，是每一个陌生人在草原上最直观的感觉。

宝德的家在慢坡上，是几处高坡环绕的一处幽静所在。

穿过一片又一片草地之后，看到了一处开放式院落，觉得既新鲜又亲切。

一排房子有四五间，在房子向阳的一面建了一条玻璃长廊，阳光争先恐后地扑在玻璃上，把一条走廊塞得满满的。确切地说，这是一条阳光长廊。站在走廊可以看见整洁的羊圈，旁边是仓房、杂物间，有几只肥大可爱的鸡在摩托车边溜达。场院很大，没有护栏，可随意进出，完全符合牧人的率性。我想，要是在广袤的草原上给自己家搭建个围墙，那才是真的奇怪呢。

在房子东南20米处是码得高高的牛粪堆和草垛，整齐得不可思议。那里拴着两条狗，见到生人来就蹦跳着，狂吠着。那条铁链子像弹簧一样，一会儿奔出来，一会儿又被拽回去。

宝德不在，拨打她的电话才知道，她去饮羊了。问她的位置，她说顺着沟底走就能看到。

在草坡上，自然的路已经无法辨认，我甚至不知道她说的沟是什么样子。我们把车开出去很远也没有看到宝德和她的羊群。在坡地的最低处，一条三四米宽的沙土路横在我们面前，挡住了去路。这大概就是所谓的沟底，原来也应该有水流过，两边好像用刀削过一般把草坡截断了。

风很大，我的头发和围巾同时在飘，飘得毫无方向，摇摆的频率和我脚下已经枯黄的草一样。

站在坡上瞭望，好像可以一览无余，但是目光所及，无论远近，都是草坡和天边相连。

当我们准备返回的时候，宝德打电话来说："你们怎么往回走了？"

马上停车，再四处瞭望，才看到在远远的、与天相接的坡顶，一群羊正在滚动。对，就是滚动。距离远，而且逆光，看不清每一只羊，但是可以看到一大片棉絮在缓缓滚动。

宝德在那一团滚动的棉絮边上向我们招手。

走过沟底的沙床，再攀上坡，宝德已经骑着摩托车来到半山腰。她穿着棉袄、马靴，围着一个头巾，横在脸前的是一条三角形面纱，只能看到她的眼睛笑着。她声音很高地说："看着你们过来了，走着走着又回去了。哎呀，这些羊又跑到别人家的草场去了，刚赶回来。"

她边说边在机井处打开龙头，往水槽里注水。

水槽里薄薄的冰碴很快就被水流融化。

这边一放水，仿佛是一种信号，刚刚还四平八稳地走着的羊，这时却一只跟着一只跑过来喝水。它们喝得非常有秩序，一拨有七八只，喝完走开，另一拨再排队过来喝，像训练过似的。偶尔也有调皮的，蹦蹦跳跳地跑过来，急火火地挤进去喝，但也没有哪只羊和它计较。

一只胡子长长的老山羊警惕地在一旁溜达，并不急着去喝水，而是望向我们，像一个学究似的研究着什么。

宝德看我盯着老山羊看，笑着说："这只羊可年长了，小时候特别可爱。"

"小的时候？现在它多大了？"

"有十几年了。舍不得卖也舍不得杀，准备就这么养着，一直养到它老了。"

"这可真是山羊爷爷了。那你是当宠物养了吧？"

"就是宠物啦。这是在我女儿小时候时出生的小羊，和我女儿一起长大，女儿都出嫁了，它也陪了我们很多年。"

看到羊们喝得差不多了，宝德把四处溜达的我喊回来："咱们回哇。"

"不用看着了吗？"

"不用了，天一晚了，它们自己知道回呢。"

二

宝德在这片草场长大，成家立业、生儿育女，过着和她的父母亲以及与这片土地上的牧民别无二致的生活。

宝德听阿爸说，这片草场是宝德的爷爷选下的。

每年转场的时候，爷爷总是要走得更远一些，东山、罕尔山等山坡都转遍了。走到这里，爷爷相中了，说："以后我就长眠在这里呀。"

宝德不记得爷爷的样子，在她3岁左右，爷爷就去世了。

爷爷去世的时候，希望儿子、媳妇能把这里当作一个长久的家。

伊希焦来和若丽玛守着这片草场，守着父亲看重的这份家业。

那个年代是集体经济，他们养的是集体的牲畜。

放牧和放牧是不一样的，放集体的畜群和放自己家的畜群自然也是不一样的。因为人和人是不一样的，性格不同，想法不同，对事物的看法不同，做法也就有差异。

宝德的父母亲都是勤谨的人，无论是放公社的羊，还是自家的羊，都是一样尽心尽力。他们放羊精心，羊圈也干净。入冬前，他们总要做好牲畜过冬的准备。冬天雪大，他们喂饲料从不糊弄，既让牛羊吃饱，也不浪费草料。有的人家图省事，喂牲畜的时候，弄一堆草扔到圈里让羊随便吃，下羔子的时候也不肯下辛苦盯着，所以羊羔的成活率没有宝德家的高。

在草原上生活的人，谁会不爱草场呢？冬天、夏天转场，就是为了让牧场得到休息。夏天，他们尽可能地走得远一些，找地势高、风凉的地方；冬天，他们再回到这里，因为这里背阴，四面的山梁能挡住寒风。20世纪80年代，划分草场的时候，他们就在这里定居下来。虽然定居了，但是在自己的草场上，人们还是会通过转场来让草场休养生息。

牧人就是这样，草原是根本，一辈子生活的福分就系在草原上。他们一代接着一代守护着草场，像草原上的植物，把根深深地扎下去，努力地向上生长。

宝德很快出落成大姑娘，到了谈婚论嫁的年龄。

家里只有一个女儿，不管怎么宝贝，怎么舍不得，都是要嫁人的。但嫁了人，宝德还怎么传承这片草场呢？

"家里就我一个女儿，我额吉可舍不得我嫁出去。"说完这句话，看着我不解的眼神，宝德捂着嘴笑了，然后低声说，"我是招的上门女婿。"

达瓦是宝德命中注定的丈夫，宝德不想远嫁，而达瓦恰好跟着爷爷来到这里。达瓦的母亲去世得早，父亲有了新的生活，把弟弟留在了身边。达瓦只能和爷爷相依为命，到处帮工。祖孙俩为人厚道，干活儿实诚，伊希焦来和若丽玛相中了这个男孩子，就招他做了上门女婿。

宝德在20岁那年，可心可意地嫁了。

对她来说，这是最好的选择。达瓦成全了宝德对父母的孝心。

"阿爸额吉一天比一天年岁大，我舍不得离开他们。要是嫁出去，即使离得再近，也不能天天照顾他们，帮他们干活儿。我想像他们打小心疼我一样心疼他们，照顾他们。"

结婚的时候，家里刚把姥姥得病落下的饥荒打完，没有富余的钱给宝德添置什么。若丽玛把所有的布票都拿出来，还借了些，也只做了一床新被子。

若丽玛心里过意不去，拉着宝德的手说："一辈子就结一回婚，额吉也没有什么好东西给我的宝德。"

"没事的，额吉，日子过起来就好了。"

"可是，我女儿多委屈。"

"不委屈，额吉，这一床新被多好，你和阿爸都没有盖过这么新的被子吧？我都能闻到棉花里太阳的味道。"宝德举着被子的一角，"不信，你闻闻。"

"好孩子。以后日子富裕了，额吉给你补上。"

"会好的，咱们的好日子在后面呢。额吉都累了大半辈子了，以后就享福吧！"

日子过得平静如水。

在婚姻里，平静如水是一个美好、生动的词。没有大风大浪，有的是相濡以沫，守护彼此，还有水的清澈、水的流动和水涵养万物的宝贵。

一个儿子、两个女儿相继出生，新的生命给宝德夫妇带来无尽的喜悦。

家里多了小生命，多了更多的欢笑和忙碌。

上有父母，下有儿女，既有牧场，又有牛羊，还有阳光普照……宝德夫妇成为牧业生产的一把好手，把生活打理得温馨、富足。

对于宝德来说，这就是她一直认定的"岁月静好"。

父母都在的日子，一家人其乐融融，是宝德最幸福的时光。

2006年，阿爸因病去世；3年后，额吉也因心脏病突发去世了。

双亲过世后，很长一段时间里，宝德都感觉生活仿佛失重了一般。家里处处都有父母的气息。深夜，她抱着小女儿，心里想念着父母亲，难以入睡。她时常会想起自己刚来这个家的时候，阿爸额吉就是这样抱着自己，心疼着，关心着。自从有了孩子，宝德更知道了做父母的不容易。有了孩子，心上就像绑着一根丝线，时不时就会因为牵挂、担心而被拽得生疼。

"我不知道还有谁能比我的父母更疼我，我当时就这么想的。我觉得自己能成为他们的孩子，太幸运了。

"我家的条件在当时并不算好，但是家里只要有一点儿钱就贴补给我。在同学当中，我是为数不多的过年、换季都有新衣服的人。公社年底分的羊肉，平时做的一些奶食品，阿爸额吉舍不得吃，都留着给我。

"做姑娘的时候，我在家里干的活儿很少，但是在做人方面，额吉对我一直都很严格，举止要得体啊，见到长辈要问好、行礼啊，不能失态啊……上学的8年，我阿爸额吉都还年轻，身体也好。放假回家，额吉根本舍不得让我多干活儿，我也就是帮着额吉做点饭，干的最累的活儿，可能就是帮着额吉去打水了。

"打水要去很远的地方，这一带打过很多次井都打不出水来。夏天要饮两次羊，所以挑水就是一个很重的活儿。八九米深的井，开始打水的时候都害怕，每次往下看都感觉头晕腿软。干活儿就是这样，干着干着就会了，熟了，然后就都干好了。

"那些年没有现在条件好，羊下羔子的时候，还是会很忙很累，可以说是没日没夜的。到晚上，额吉基本一夜都不能睡，得时时盯着。简易的棚子不御寒，羊下羔子后，就得马上抱进屋子里。不及时抱进来就会冻死。'那可是太可惜，太造孽了。'我额吉就这么说。

"白天我还能帮额吉的忙，到晚上不知道咋就那么困，睡得啥都不知道，额吉出出进进的都听不到。她多半也舍不得叫我起来。有一天晚上，几只羊一起下羔子，额吉实在忙不过来了，就把我喊起来。我还迷糊呢，一出屋门，冷风一吹，顿时就清醒了。春天的夜晚，那个冷是很厉害的，我直哆嗦，小羊羔要是生在外面哪受得了。

"有一次，额吉晚上等着母羊下羔，不小心睡着了，结果等她醒来，两只小羊羔冻死了，她心疼得都掉眼泪了。这么多年，不管多难，我都没见过额吉流眼泪。也许是晚上偷偷流，也许是在我上学的时候，我不知道。在我心里，阿爸额吉都是坚强的人，从不向困难屈服。"

宝德指了指羊圈旁边的几间简易房子，说："现在可不一样了，日子都好过了。你看我家的暖棚，春天下羔子的时候，不用太管，那里暖和着呢。不过我还是习惯晚上不睡看着母羊，怕有个闪失或者哪只母羊生得不顺。有一次，有几只羊快下羔了，孩子他爸不在家，我琢磨着不会那么快，晚上瞌睡得厉害就给睡着了，这一睡就睡到了天蒙蒙亮。醒来时，我心里慌慌的，一看天都快大亮了，就赶紧去暖棚里看看。哎呀，小羊羔下了一地，有十来只，有两只都自己站起来吃上奶了。"说完，宝德爽朗地笑起来，仿佛眼前就是那群活蹦乱跳的羊羔。那是一种遇见新生命的欣喜。她的额吉总是告诉她，与牛、羊和马等一切有生命的东西相遇，都应该诚然接纳，并且心怀欢喜和感恩。

宝德是一个特别爱笑的人，可能她都没有意识到自己一直在笑。她笑着说每一句话，说到开心的地方还笑出声来。她的笑也很有感染力，和她在一起你会把很多烦恼都忘了。就连她的回忆里也很少有忧愁，尽管那些年过的是缺吃少用的日子，但她都觉得满足和踏实。那个家给了她足够的安全感和幸福感，这也是她养成乐观、豁达性格的缘由吧。

"叮叮"，宝德的手机响了两声，她拿起手机，是兄弟姐妹群里有人找她。她满面笑容地把手机放在嘴边回复着："好啊，好啊，咱们周日见面，去看额吉……对对对，咱们也好好聚聚……当然想你们了哇，我也想莎仁其其格唱的歌了，她那首什么歌来着，我还没学会呢。看看这记性，歌名又说不出来了。"

她又给都贵玛额吉发消息，说："额吉，周日您在家吗？我去乌兰花镇，我们兄弟姐妹几个想去看看您。"

都贵玛额吉很快回复："好啊，来哇来哇。我也正想你们呢。"

人生的际遇很难说清，她这个在南方出生的孩子，在嗷嗷待哺的幼年，千里迢迢来到内蒙古，这是国家的恩情。她每次想起来，都感慨自己命好。

她来的时候大概两岁，她的记忆像是被格式化了一般一片空白，怎么去的上海孤儿院，怎么坐着火车来到内蒙古，又是怎么被父母领养，她一无所知。

如果说她一点儿也不想知道自己的身世，那是假话。自己是谁？从哪里来？亲生父母是谁？为什么会扔下自己？他们是不是还活着？这些问题像一簇簇火苗，一个接着一个在她的心头闪现，又被她一一熄灭。

这些问题没有人能全部、准确地回答，也永远不会有答案。

2017年，有几个寻亲的南方人来到锡林浩特，其中有个哥哥，在大饥荒年代丢了妹妹，之后找了50年。"他在锡林浩特验了DNA（脱氧核糖核酸），竟然真的找到了妹妹。""老乡"这样说的时候，宝德的心中也曾燃起希望，想着"这次说什么也得做DNA"。后来宝德去了，却又犹豫了，最终也没验。

"年轻时也许还有机会，到了这个年龄就没必要了……"

奇妙的是，自从与和她一样的"国家的孩子"相认之后，她感觉世界上突然多了很多亲人，有了没有血缘却无比亲切的兄弟姐妹。这个奇妙的感觉也发生在都贵玛额吉身上。

宝德和都贵玛额吉第一次见面时就觉得她像自己的额吉一样亲，额吉的声音、笑容都让她觉得似曾相识。

但是一个两岁的孩子真的会记得照顾自己半年的阿姨吗？她不相信。唯一的可能是，都贵玛额吉是内蒙古大地上最初接纳她的人，她喂养过自己，心疼过自己，像母亲一样照顾过自己，这些足以让宝德从心里认定她就是自己的亲人。

在蒙古族人的习俗中，第一个剪脐带的人就是亲人。都贵玛额吉虽然不是剪他们脐带的人，却是第一个给他们换上蒙古袍、第一个喂他们黄油的人。

宝德是2006年初冬时节与兄弟姐妹们相见的。

2006年12月23日，是乌兰夫100周年诞辰纪念。通过不同渠道联络起来的"国家的孩子"发出倡议：

> 今天我们3000兄弟姐妹都已步入成年，此刻用千言万语也难以表达我们的情感。伟大的中国共产党给予我们关怀、给予我们第二次生命，内蒙古人民40年来对我们的养育之恩，我们不能忘。在乌兰夫主席100周年诞辰之际，我们倡议各盟市孤儿代表向乌兰夫主席塑像敬献哈达和鲜花。

倡议一经发出，百余名代表从内蒙古呼伦贝尔、赤峰、锡林郭勒、乌兰察布等地会聚呼和浩特。

初冬的乌兰夫纪念馆，松柏依然碧绿，并没有萧瑟之感。

来自内蒙古各地的"国家的孩子"，身着五颜六色的民族服装，手捧哈达、鲜花，缓步走进纪念堂，在乌兰夫塑像前肃然凝立。

您接来的孤儿们已经长大成人，我们给您鞠躬了！

在您的关怀下，我们都成长起来了，又赶上了这么好的社会，过上了幸福的生活，请您放心吧！

"国家的孩子"鞠躬，敬献哈达。

就是在这次大集会上，宝德才知道，原来"国家的孩子"有3000余人，他们像珍珠一样撒在内蒙古这片大地上。

"那次集会我们在呼和浩特待了3天，就住在巴彦塔拉饭店。我们相跟着去了乌兰夫纪念馆、大召、昭君墓，队伍庞大。"宝德说，"刚开始大家都不大说话，不知道从哪里说起。但是，往乌兰夫纪念馆那里一站，大家都感觉亲切起来。"

打开心扉是在座谈会上，每个人都做了一个简短的自我介绍，这些人中多半是农牧民。很多人讲起尘封的往事，讲自己成长的经历和内心的感受。

话题一展开，那些回忆接踵而至。宝德开始不敢说话，可是听别人讲着和自己相似的故事，流着激动的泪水，她的心也温润起来。

在这次聚会上，宝德和来自四子王旗的13位"国家的孩子"建立了联系，她感觉这些同命运的"老乡"就是这世界上亲人一般的存在。

也是在这次聚会上，他们知道了都贵玛——第一个张开怀抱接纳他们的"额吉"。

回到四子王旗，14个人已经相处得像老朋友。他们尽可能地找见周围其他的"国家的孩子"，互称着"老乡"，同样的身世把他们的心紧密地联系在一起。

宝德记得，近年来，"国家的孩子"组织过多次聚会，前年在呼伦贝尔聚了很多人，话题从饥荒年代聊到当今时事，从家长里短聊到国家未来，天南地北、大雪、草原……仿佛"什么都感兴趣，什么都想说"。

她和孙保卫说："咱们或许是全世界最大的家庭，而且是亲人最多的大家庭。"

随着兄弟姐妹的联系增多，都贵玛的形象在他们的心中也渐渐清晰起来。

每一次聚会，扎拉嘎木吉介绍他的成长经历时都会说到都贵玛额吉，在场的每个人都对最初接纳他们的这位"阿姨"存有一种说不清道不明的感情：她比领养他们的父母更早地看到他们最初的样子，她是他们来到内蒙古后第一个把他们捧在手里的人，她也是第一个喂养他们的人……越说越觉得那种亲近有了根。

乌兰花镇脑木更苏木，以及在脑木更苏木的那位老人，成了他们内心的牵挂。

宝德不时地翻着手机，翻出很多兄弟姐妹聚会的照片和小视频，一一向我介绍着他们的名字和扎根的地方，还有几个关系近的人的家庭情况。

"你看，莎仁其其格就是我们的歌唱家。"她翻出莎仁其其格的歌唱视频，那歌声浑厚、清亮。

"她参加过很多次歌唱大赛呢，还得了奖。"宝德就像在说自己的亲姐妹，语气中充满了自豪。

"我们可好了，经常聚会，还一起出去玩，有时候去锡林浩特，有时候去呼和浩特，最远的还去过海拉尔。我们都商量好了，有时间我们还要一起相跟着去南方旅游，看看祖国各地的风光。我们都60多岁了，该享受享受生活了。"宝德说，"今年我和老伴儿说好了，儿子媳妇已经能管好这个草场和牲畜，以后我们就溜达呀。不过，我还得看看儿子媳妇要不要二胎，要是生，我就再帮他们带两年。孩子多了，家里的日子才兴旺呢。所以我支持他们生，就看他们了。"

我告辞的时候，宝德的儿子刚拉了一车草料回来，这是给牛羊准备的冬饲料。这一家人勤劳、厚道、和睦，小日子经营得让人羡慕。

三

2006年下半年开始，都贵玛老人迎来了令她开心的日子：多年前四散而去的孩子们陆陆续续地来到她的面前。

夏末，都贵玛听说孩子们要来脑木更看她，激动得无法入睡，开始给孩子们准备奶豆腐。她把挤出的新鲜牛奶发酵，用小火熬上，让奶和水分离，然后倒进网里过滤奶渣，再把奶渣放在锅里翻炒，直到奶渣熔化、黏稠……这个时候，她的内心是喜悦的。

那种喜悦，在她趁热把奶豆腐放进模具中定型的时候定格在每一个期待幸福来临的晨昏。

夏天的戈壁草原，阳光强烈地照耀着每一株草，也照耀着都贵玛的心，让她随着孩子们的到来不断地升温。

清晨，她把牛羊都放出去，把一切准备停当，又到院子门口向远处张望。

扎拉嘎木吉早早就来到额吉的家，帮着收拾棚圈、院子。

看着都贵玛额吉心神不宁的样子，他笑道："额吉，乌兰花镇到咱们这里得好几个小时呢，你这么早就开始着急了？"

"不急。不急。"都贵玛把家里擦拭得一尘不染，又把过年装糖果的盘子找出来，把奶砖摆好。

"这看着像过大年了。"查干朝鲁在一旁帮忙摆盘。

"嗯，就是过年了，比过年还高兴。"

"你还认得出他们吗？"

都贵玛停下手里的动作，看着窗外，说："认不得了吧。那时候他们都太小了……这咋也有40多年了。"

查干朝鲁说："1961年到现在，有45年了。他们都是中年人了。"

"扎拉嘎木吉，赶快宰羊，早点煮上，他们那么远来到这里，一定饿了。"

临近中午，手把肉的香味已经在空气中散开。

都贵玛在屋子里待不住了，不时地出门向远处瞭望，思绪万千：他们一个一个像蒲公英的种子一样飞走，在不同的地方生根发芽，如今又要回到她的身边了。这是比过年还令人期待的团圆的日子。

她猛然想起了什么似的，急忙转回屋里，把前几日从旗里让别人捎回来的水果糖都倒在盘子里，又把清早炸好的馃子、烙好的奶油饼都拿出来。

都贵玛看了看锅里滚着水花的奶茶，又放入肉干、奶酪，轻轻地扬着、搅动着……

"额吉，你看这肉煮得怎么样？"扎拉嘎木吉挑着一根羊排走过来，想让忙碌的额吉停一停。

"煮这么多年肉了，你还来问我？"

"我看你忙得累了，让你先尝尝，歇歇。"

都贵玛笑了，接过羊排撕了一点儿，说："行了，别煮老了。他们该到了吧？我去看看。"

走出院子，远远地看到一辆四轮拖拉机在远处行进着，车上载着不少人。都贵玛看不清到底是几个人，但是她的心已经欢跳起来了。

扎拉嘎木吉对都贵玛说："额吉，来了，就是他们。"他高兴地向他们挥手，车上的人也挥手回应着。

拖拉机停下来，他们手捧着哈达向迎着他们快步走来的都贵玛躬身问候，——献上哈达。那白云一样白、蓝天一样蓝的哈达，在都贵玛的胸前飘扬着。

都贵玛拉着孩子们的手，眼眶湿润了。

"额吉，我们来看您了！"

"额吉，您身体好吧？"

"额吉，我们总算见到您了！"

都已经人到中年的"孩子们"拥抱着瘦小的额吉，眼里闪着激动的泪花。他们没想到额吉这样瘦小。就是这瘦小的身材，当年没日没夜地照顾他们，一瓶奶、一块饼干、一碗小米粥地把他们喂得健健康康的。

"好，好，来，都回家，回家。"

"回家"这个词从都贵玛额吉的嘴里说出来，就是人世间最暖心的话。他们有的人虽然没有在这里生活过，但是有额吉的地方，就是家。

巴图纳森兴奋地搂着都贵玛的肩膀，说："额吉，我们还买了很多炮仗，晚上咱们放炮仗。"

扎拉嘎木吉说："家里也买了，额吉说，咱们团圆的好日子一定得放鞭炮。"

大家围着都贵玛坐下。

喷香的羊肉端上来，都贵玛用小刀一片一片地割着肉。扎拉嘎木吉要帮她，她示意自己来。她耐心地把肉一片一片地割下来，放到他们的碗里，看着他们吃。每个人的碗里都是满的，大家都有点吃不过来了。

"吃，多吃。"

"额吉，您也吃，我们自己照顾自己就行。这不是到家了嘛。"

"对，到家了，别客气，自己动手。"

孩子们整理衣装，逐一给都贵玛敬酒。

都贵玛一一接过，啜饮着这相逢的美酒。

她端详着他们，想从那一张张面孔上看到他们儿时的影子：哪个是小豆丁？

哪个是香菊？哪个又是小梅呢？……那些名字和记忆中的小脸在她的心头都闪过一遍，但她还是不能从他们的脸上认出来。

"都对不上号了。"都贵玛笑着看着孩子们。

"我是1961年9月被抱走的，在红格尔苏木长大的。当时的情况，我没有记忆。"

"你是小梅？"

"我也是。"

"阿全？"

"我也是那个时间被抱走的，听说我现在的家是第二家，当时还不到一周岁。"孙保卫说。

都贵玛端详着孙保卫，想起了小豆丁就是换了一户家庭，说："你是最小的小豆丁？对，当时你最小，你被领养的时候，也就七八个月大。"

"哎呀，我原来还有这么个名字呢？"

大家都看着孙保卫笑了。"小豆丁"这个名字和眼前的孙保卫完全不搭，他一米八的个头，英俊的脸，笔挺的身材，白皙的皮肤，大家说，怎么想也想不出他当时还很"柔弱"。

"你们来的时候，大多数都没有名字，因为你最小，最柔弱，所以我们就叫你'小豆丁'了。"

"那我们小时候都什么样？"大家不禁对自己最初的样子好奇起来，七嘴八舌地问着额吉。

"你们呀，来的时候都很柔弱。"都贵玛笑着说，"我去呼和浩特接的你们。当时是初春，天还很凉，你们每一个都面黄肌瘦的，有的还鼓着肚子，瘦得皮包骨。28个孩子中，能自己走路的没几个，全都得抱着，基本上都有这样或那样的毛病。"

"不是都两三岁了吗？我当时好像就两岁了。怎么还不能走路？"莎仁其其格看了看自己有些发福的身材，疑惑地问。

"你们从上海来的时候，严重缺乏营养，尤其缺钙。可怜的孩子，有的还生着疮，总也不好。小梅就是头上长了疮，头发都不长，我用草药煮水给洗了好多天，没想到真有效果，慢慢开始结痂、脱落，才长出来新头发。当时我还愁呢，一个小姑娘不长头发多不好啊。她被抱养的时候，头发已经毛茸茸的了。"

莎仁其其格说："干脆咱们今天就用原来的小名称呼吧。"

孙保卫说："这个主意好是好。可是，我这个名字……"他不好意思地挠了挠头。

"没事没事，小名嘛，就今天叫，以后不叫了。"莎仁其其格抢着说，"可以吧，小豆丁。"说完自己也忍不住笑了。

孙保卫红着脸说："可以，可以。"

"额吉，我们养了孩子才知道养孩子的辛苦，我们还都是一个一个带大的呢。想想您当年带我们，一起带着那么多不怎么健康的孩子，多累啊。"

"那时候还是年轻吧，也不知道个累。感觉乏了，就用凉水洗把脸，或者靠在墙边眯一会儿，一睁开眼就又特别精神了。"

"连觉也睡不好吧？"

"孩子多，这个哭，那个要尿，一刻也闲不住。晚上，像小豆丁这样小点儿的，得喂两遍奶。"

"要不咋能长这么高这么壮呢！您给我的底子打得好。"孙保卫说。

"你们都和我说说家里的情况吧。一晃几十年过去了，总在想着你们的家是什么样，有几个孩子，过得好不好……"

"额吉，我们都挺好的，我现在有两个孩子，一儿一女，都大学毕业了。"

"我开了一个兽药店，父母都老了。我生了一个闺女，学习可好了。"

"我家3个孩子，个个都可健壮呢，都长大了。"

"额吉，江岸苏木的查干巴特尔和施仁巴乐两个人成了一家，如今连孙子都有了。"

…………

　　大家你一言我一语地和都贵玛说着自己和自己了解的其他"国家的孩子"的情况，好像要把几十年时光里的故事都说给她听。

　　都贵玛静静地听着，笑容始终在脸上，眼神里都是慈爱。这种孩子们围拢在身边的情景，她不知道想象过多少回。此刻，她觉得和想象中的场景还是不一样的。相聚总比怀念多了很多具体可感的激动，他们的体温、声音和笑容，还有他们生活的情况，就像欢乐的水花在她的身边飞溅，她用心捕捉着每一个瞬间。

　　"额吉，你看小梅，是不还是小时候的样子？"阿毛指着莎仁其其格对都贵玛说。

　　"嗯，越看越像。"

　　"我记得她小时候特别爱哭，反正任何理由都能哭一场。"阿毛毕竟大一些，还有小时候的记忆。

　　"我才不是呢，不可能。"莎仁其其格不好意思地说，"你胡编的吧？"

　　都贵玛笑着说："你小时候就是爱哭，也爱笑。做游戏的时候摔倒了就哭，可是大家一唱歌，你马上就笑了，还跟着节奏晃着身子，转圈，那叫什么？"

　　"翩翩起舞，额吉。"阿毛说。

　　"对，就是，手舞足蹈的，咿咿呀呀地跟着唱。你还特别爱跟着阿毛，他的饼干自己舍不得吃，你就拿过来吃了。"

　　"啊？我小时候是这样的吗？"莎仁其其格心想，这些年不管遇到多少难事，她都很少流泪，怎么小时候就那么爱哭呢？难道是小时候哭多了，把眼泪都哭没了？她记得特别清楚，小时候帮额吉放羊，一阵雨淋湿了她的花衣裳，湿衣服在身上溻得又凉又难受。她哭了，额吉抱着她，暖着她，还帮她揉微微作痛的肚子，告诉她：女孩子要坚强，遇到困难就想办法，不能被困难打倒，困难可不会因为你哭就自己跑，这好像是她的记忆中最鲜明的一次哭鼻子，之后就很少流眼泪了。

"我……都有点不记得了。阿毛哥，那时候我老抢你的饼干，现在我敬你一块羊肉。"莎仁其其格切了一块肥瘦相间的肉，放到阿毛的碗里，双手端给他，阿毛赶紧站起来接了过去。

"额吉，我给您唱一首歌吧，您听听这首歌熟不熟。"莎仁其其格在兄弟姐妹的掌声和欢呼声中站起来，深情地唱：

　　　　请珍惜那清澈的蓝天

　　　　总会被缭绕的雾气遮掩

　　　　请怜爱你年高的父母

　　　　终会消失在岁月的长河中

　　　　请珍惜那皎洁的银月

　　　　总会收起它散发的光亮

　　　　请安抚和劝慰那悲伤的心

　　　　请擦拭和怜爱那落泪的眼睛

　　　　人生在世只有一次

　　　　请拥抱生活，珍爱这个世界

这是都贵玛唱给孩子们的歌，在他们的小床边，在草地上玩耍的时候，在勒勒车上……她给孩子们唱得最多就是这首歌，因为这是额吉教给她的，曲调里有"妈妈"的味道。莎仁其其格浑厚的女中音萦绕着，让人恍惚回到了40多年前，都贵玛的双眼再次湿润了。

"额吉，您记得这首歌吗？"

"记得，记得，这是我额吉教给我的歌。你跟谁学的？"都贵玛问她。虽然她带他们的时候经常会唱这首歌，但那个时候莎仁其其格才3岁左右，按理说她不会记得这首歌。

莎仁其其格说，她的心里一直有这首歌的调儿，她不知道是什么，也唱不出来。有一次参加歌唱比赛，有个人唱了这首歌，歌曲的旋律让她想起了记忆中那个隐隐约约的曲调。这首歌好像与生俱来一般让她感到既熟悉又亲切。她找那个歌手学会了，并且走哪儿都唱这首歌。

莎仁其其格一直不大明白自己是从哪里听来的曲调，后来，她和"老乡"们聚会时唱这首歌，说了对这首歌的记忆。阿毛说，这首歌好像都贵玛额吉唱过。莎仁其其格记在心里，想着有一天见到额吉，唱给她听。

"请珍惜那清澈的蓝天……"都贵玛轻轻地哼唱起来，莎仁其其格跟着唱起来，孩子们也都跟着哼唱着，歌声一直飘向湛蓝的天空……

在歌声中，在回忆中，在欢笑声中，都贵玛和孩子们说着几十年前的日子，也说着现在的生活，说得最多的是几十年的生活变化，庆幸、感恩着党的阳光雨露哺育着每一个"国家的孩子"。

在大家的欢声笑语中，都贵玛有一丝恍惚，好像又回到了几十年前的黄昏时分，也是这样霞光铺满天际，在渐渐暗下来的天色里，孩子们吃完晚饭围坐在她的身边听她讲故事……

"你们有谁去过上海吗？"阿毛突然问道。

一时间安静了下来，大家都摇着头说没有。

"我就想着什么时候去一趟，看一看……"

"这么多年也没有人来找过我们……"

"我们找他们去。"

"还能找得到吗？我们要是去找，阿爸额吉得多伤心。"

"也不知道我们的亲生父母是不是还活着。"

话题开始凝重起来，都贵玛不由得为孩子们感到难过。是啊，这么多年了，如果他们还活着，应该会有人来找自己的孩子吧。她不由得感到深深的遗憾，后悔当年没有把非常少的几张写着孩子出生日期、名字的小纸条珍藏起来。几番迁移，如今已经无处可寻。

"唉，怪我没收好几个孩子身上带来的纸条，要不然现在说不定还能有点线索，至少那是你们和亲生父母唯一的证物了……我那个时候还是太年轻了，手忙脚乱的，现在想想太遗憾了……"都贵玛重重地叹了一口气。

"额吉，我们来到这里，就是这里的孩子，有没有那些证物，能不能找见亲生父母，都不是问题，您别为这个自责。"

"就是，额吉，您看我们不都成家立业了，都过得挺好的。"

"不来这里，没有您和我们的爸爸妈妈，可能我们早就不在人世了，我们多幸运。"

孩子们纷纷安慰着都贵玛。

都贵玛拉着他们的手，心里激动不已。

"额吉，您上了年纪，到镇里去生活吧。那里医疗条件好，生活也方便。"孙保卫说。

"就是，我们也方便照顾您，咱们能经常见面。"

都贵玛看着孩子们，感动地说："我不愿意离开生活了大半辈子的草原和那些牛羊。"

"额吉，您去镇里吧，我们照顾您。我们也都快退休了。"

"哎，你们这是和我抢额吉呢吗？"扎拉嘎木吉把装烟花爆竹的箱子抱出来，听到他们的话后马上说。

巴图纳森过来搂着他的肩，说："什么抢啊，这么多年就你和阿毛享受额吉的关心了，还不知足啊？"

孙保卫也说："你以后年纪大了也去镇里，咱们兄弟一起养老，一起伺候额吉。"

"这还差不多。"扎拉嘎木吉把烟花拿出来，"来，咱们放烟花吧。"

巴图纳森赶紧点了一根香，跑过来帮忙。

一束束烟花腾空而起，照亮了脑木更苏木乌兰席热嘎查的上空。

烟花沉寂后的杜尔伯特草原格外宁静，虫鸣声在宁静的夜晚显得格外清晰、明快。

大家闹够了，笑够了，都贵玛就安顿他们在蒙古包里休息。

阿毛和扎拉嘎木吉也不肯回家，几个男人热热闹闹地挤在一个包里，酒的热度让他们说话的声音响亮了许多。

女人们则安静地躺下来，想着各自的心事，感受着姐妹们同榻而卧的亲近和温馨。很多往事纷至沓来，在她们的脑海里演绎着。

突然，那边包里的笑声传了过来。

"他们小时候是不是比现在更闹？"

"估计比这还闹，就是闹的方式不一样。想想额吉真是不容易，那么多孩子，照顾起来真不是一件简单的事。"

"我就3个孩子都忙不过来，哎呀，额吉那时候太难了。"

"咱们自己的孩子咱们没办法不管，她那么年轻，愿意管咱们这些身体不好的孩子，真伟大！换成我，我做不到。"

"我也是。"

都贵玛还像他们小时候一样，不放心地过来看看他们冷不冷，又把自己房间里的被子和羊皮褥子抱过来，还端来了酸牛奶，给喝了酒的孩子们解酒。

大家看着都贵玛走来走去地忙着，都不好意思地起来说："额吉，我们自己来。"

她笑着说："喝了酸牛奶，睡吧，香香地睡。"

"额吉，您也休息吧，累了一天了。"

都贵玛看到孙保卫的嘴角上沾着一点酸牛奶，就走到他身边，掏出衣襟里的白手绢要帮他擦，孙保卫不好意思地马上站起来。他个子高高的，都贵玛不得不向上抬了抬胳膊，孙保卫马上又弯下腰来，任由额吉擦去酸牛奶。他的眼睛酸了。他从来没有想过，在这个世界上，除了自己的父母，还有一位老人一直牵挂着他。几十年后的相见竟然没有半点生分，她仍把每一个已经人到中年的他们当成孩子一样照顾着。

都贵玛回去休息了。扎拉嘎木吉和巴图纳森都打起了鼾，孙保卫却丝毫没有困意，一直处于兴奋状态。

"你睡不着？"阿毛见孙保卫总在翻身，问他。

"是啊！太兴奋了！听说你是在额吉身边长大的？"

"是。我在额吉身边长大，可以说是吃大家的饭长大的，大队的干部，每个人都对我很好。"阿毛的思绪有些飘忽，看见孙保卫一直看着他，等他继续讲，就笑着说，"我小时候太淘了，不好好上学，还老惹祸。惹了祸后，不是额吉去说情，就是书记去道歉。现在想想都不好意思。没办法了，大队书记把我送去当兵了。"

"你还当过兵啊？"孙保卫羡慕地看着阿毛，"我父亲就是部队转业的，可惜我没当上兵。"

"当兵是真锻炼人，在部队待了几年，自己都感觉长大了不少。回来后，在额吉和大家的帮助下，我也有了自己的家。我呀，看着好像不如你们都有个家，有自己的阿爸额吉，但是我有都贵玛额吉，有扎拉嘎木吉这个弟弟，过得有滋有味的。"

"哎，你那时候大，都记事了。你说说我小时候是什么样。"

"你呀，小时候就是吃，吃完了就睡，睡醒了还吃，再不就拉撒。有一次生病还抽搐了，额吉都吓哭了。"

孙保卫无法想象当时的情景，但是他的女儿小时候生病，焦虑的心情，他完全体会过。

"后来呢？"

"额吉一边流眼泪，一边跑着去旗医院找医生给你看，医生给你打了好几针。那天晚上你哭个不停，我都没睡着觉。小宇、阿全还有香菊也都跟着哭，那一晚上糟糕的啊。额吉一晚上就抱着你在地上走来走去，天都快亮了，你才安稳了一点……"

孙保卫百感交集，不知道该说什么，只用手拍了拍阿毛的肩。

孙保卫沉沉地睡去了，阿毛的思绪依然飘着，往事就像冬天的白毛风，使劲儿地在他的脑海里刮着，他的回忆急速闪过。

他有时候想，有记忆到底是幸运还是不幸呢？如果当时自己不是有了记忆，不是那么执着于等妈妈来找自己而不愿意被领养，那么他就会像孙保卫他们一样，在父母亲的疼爱中长大，即便长大了知道自己并非父母亲生，那成长的环境也完全不一样。

可是，一切都不可能重新来过。

有一些想法是要经过岁月的淘洗、冲刷才会有切肤之感，才会有反思，才会有那些"假设"。然而，所有的"假设"都是对不可更改的现实的一种无法言说的嗟叹。有时候，他会想这是命运使然，可是他又不肯就那么"认命"，内心的挣扎和荒凉感一直在折磨他。

他记得当年的事情，但是不愿意和别人讲。当年，他是那个最难送出的孩子，不是没有人愿意要他，是他哪里都不想去。他曾被一对老人领养过一阵子，就被大队领了回来。因为有人写信告到公社，说：怎么可以把国家送来的孩子给一个牧主家庭养？

公社领导接到信后非常重视，马上到乌兰席热大队核实情况。原来这家女人的娘家曾经是牧主，不过那已经是上两代的事了。他们夫妻俩特别喜欢阿毛，对他也特别好。大队干部去接他的时候，他本来是打算留下来的，他看得出这对老人对他是真好。可是，大队干部还是把他领了回来。离开那个家的时候，那对老人恋恋不舍地送出好远，那一刻他想起了妈妈。他害怕了，他再也不要这样的分别，也不要被任何人家领养了。

回到大队部，见到都贵玛，他委屈得流下了眼泪。

"他们对你不好吗？"都贵玛帮他擦眼泪，他使劲儿地扭过去，不让她看到他的伤心，可眼泪就是不受控制地流着。

"不是……"他不知道该怎么说，只是闷闷地说，"阿姨，我不想要别的人当我的爸爸妈妈，哪天我妈找着我，她会伤心的。"

都贵玛轻轻地揽着他的肩膀，说："孩子，你的妈妈一定希望你幸福地长大。世间的事都是不好说的，也许你长大了真的能找到自己的亲生父母。把你领回来呢，也是怕你在他们家受委屈……"

"他们真的对我非常好，非常好，可是……"

"我们的阿毛有人心疼呢，多好。如果你愿意，你以后还可以经常去他们家玩，虽然不能领养你，但是可以像亲人一样来往的。咱们不伤心了啊。走，咱们找书记去。"

都贵玛领着他去找大队书记商量，想把他领回家。

书记无奈地说："你不符合条件，不能给你办手续。再说你一个还没出嫁的姑娘，有了这个孩子，以后怎么办？"

"以后的事以后再说，阿毛总得有个家呀。"

"有家也不能是你家，如果我给你办手续，我又犯错误了。"

阿毛听他们商量着，说不上心里是什么滋味。他有点失落，却无法表达。

江岸公社有领养意向的人家打了申请，都贵玛哄着把他送过去，没几天，他就自己骑着马跑回来了。这可把大队干部们都吓坏了。

"阿毛要是出点什么事，怎么对得起国家的托付。"大队书记心有余悸地说。

大队部为他的问题专门开了一个会，决定先把他留在大队部。就这样，他成了大队干部们共同的孩子。

最初，都贵玛对大家一起抚养他的事并不乐观，可他觉得自己更适合在这样一个非固定的"家庭"中长大。

曾经领养他的老夫妇也一直关心着他，总是来看他，给他送好吃的，送衣服。从部队复员后，阿毛回到了脑木更，娶妻生子。日子好起来了，他看一直呵护他的那两位老人都已经年过耳顺，身体多病，就把两位老人当作亲人一样，与他们一起生活，为他们养老送终。

在他成长的过程中，都贵玛自然成了他最亲的人。他庆幸还有扎拉嘎木吉这个和他一起长大的弟弟。都贵玛的家，就是他们两个人的家，他们隔三岔五就要过去住上几天。他们经常听都贵玛额吉对别人说起自己的家庭成员时说："我有两个儿子、一个女儿。"都贵玛领养了亲戚家的两个男孩后，就经常说："我有5个孩子，看我多富有。"

尽管上海老家的记忆成了阿毛内心一个填不平的洞，但他还是把根扎在了脑木更。没有什么伤是时间这剂良药治不好的，这么多年走过来，他早已经想明白，自己曾经是挣扎在死亡线上的孤儿，但他非常幸运地随着北上的列车来到内蒙古，来到都贵玛额吉身边，来到这片草原上，过上了丰衣足食的生活。

第六章

恩深情长

一

在四子王旗乌兰花镇的一间兽药店见到孙保卫的时候，他正忙着接待一位前来买药的牧民。

"羊就是往下倒呢，就是卧呢。"

"流汉子了不？"

"流了。"

"几天了？"

"有几天了，晚上才发现。"

"那是吃着了，回去把这个点上。"

孙保卫把一盒药递到牧民手上。

"点这个就行？"

"就是，再捏点咸盐，化开。看它屙尿不？屙就不要灌。屙尿正常就不怕，屙黑的就可能是中毒了。气短就说明它的肺有毛病呢……"孙保卫从一个小塑料盒子中拿出一张名片，"有点什么，你就打电话问我女人，她会详细告诉你的。"

那位牧民收好药走了。孙保卫满脸歉意地笑着招呼我坐下。

"您学过兽医？"

"没有，我是学制冷的。"

"和这个不搭边吧？那我看你跟顾客说得头头是道的。"

"年长了，开这个店有20来年了。慢慢就知道得差不多了。"

孙保卫和那位牧民说话的时候，说的还是四子王旗一带的方言，和我说话的时候，却非常自然地讲起了普通话。他的普通话里有一些轻微的、不属于四子王旗方言的味道。后来我才明白，那是他来自河北的父母说的方言中的影子。

"我特别不愿意别人和我说起我父母的时候说'你的养父养母'，我是他们宠大的，他们就是我的父母亲。"孙保卫直率地表达自己的观点。我心里不由得暗自庆幸：幸亏我问的时候没有说养父养母。

孙保卫说："父母走20来年了，有时候看电视，看到一家老小的场景，心里特别不是滋味，越到岁数大了，就越想他们。我自己有了娃娃，有了外孙，现在日子多好过，比起他们带我和姐姐的辛苦，好多了。我父亲他们这代人，奉献的精神确实是太大了。怎么说呢，共产党员的境界吧！我父亲是真正的共产党员，无论在哪干都不含糊。"

1961年，刚刚八九个月大的小豆丁被孙振昌、隰秀庭夫妇抱回家。他家里还有一个6岁的姐姐，一家人把这个白白胖胖的小子当成手心里的宝，父母给他起了个乳名叫宝喜，大名叫孙保卫。这个具有时代痕迹的名字，寄寓着父母的希望。

孙振昌是河北省保定市阜平县城南庄乡人，隰秀庭是河北省保定市易县狼牙山人，都是老革命。孙振昌3岁时没了父亲，母亲带着他和残疾哥哥艰难度日。这位寡居的母亲毅然送他去参军，十几岁时，他就跟着部队南征北战。他所在的第六十六军准备入朝作战前，他在一次执行任务中左臂意外受伤致残，于1951年转业回了地方。他先到北京政法学院进修，之后响应国家号召，主动申请支援边疆，于1952年来到内蒙古固阳县中级人民法院。隰秀庭也是党员，识文断字，是个非常刚强的人。丈夫支边，她毫不犹豫地追随而来。没了工作，她就留在家里照顾孩子。

"我特别尊重我的父母亲，他们为人正直，我父亲当了一辈子领导，从来没有向组织提出过任何个人要求。父亲让我学手艺，说无论到什么时候，手艺都能养家糊口。"孙保卫说，"他从来没想过给我母亲安排个工作，也没想过让我有个多好的工作。"

孙保卫上小学的时候，拿着父亲给的5角钱学费到学校准备交给老师，看到很多同学都申请免除学费，他就把5角钱揣回来了。

他对父亲说："爸爸，他们都不交钱。"

正在查资料的父亲抬头看了看他，说："不可能不交钱。"

"他们都拿信纸写申请，免学费。"

孙振昌放下手里的活儿，看着他说："那是生活特别困难的学生吧？"

孙保卫不解地问："他们连5角钱都没有吗？"

父亲摸了摸他的头，说："傻小子，你以为都像你们家了？"

"那，咱们能不能也写个申请？"

"咱们不是困难家庭，不能欺骗学校，不能有占国家便宜的思想。党培养我这么多年，不管什么时候都不能对不起党和国家，多小的事都不行。"

父亲说得格外严肃，孙保卫意识到自己错了，第二天乖乖地把钱交给老师。

有一次，学校组织义务劳动，到郊外的菜园除草、松土。劳动完了，大队的干部给他们分了一点儿小白菜、水萝卜。他高高兴兴地拿回家去，却被父亲质问了半天。不管他怎么解释说这是大队奖励他们的，父亲都不信，说："去参加义务劳动，拿公家的菜回来就不应该，赶紧送回去。"孙保卫虽然觉得委屈，但他还是乖乖地给大队送回去了。大队干部感到意外，送出去的菜还从来没有给送回来的。事后，父亲和他说："贪念最要不得，做一点事儿就顺道占便宜，慢慢就变贪婪了。"

"哪有你说得那么严重，那就是人家给的。"

"当然严重。义务劳动还要人家奖励，这个思想也要不得。"父亲语重心长地对他说，"宝喜，爸爸管你管得严是为你好，你以后就明白了。你现在把爸爸的话记住，为人做好事，不能要好处，心甘情愿才是真的做好事。"

小时候，孙保卫在吃穿用度上从来没受过制。他的父亲当时是18级干部，每个月有89.5元的工资，加上母亲勤俭持家，一家四口的日子过得比别人家要宽裕得多。孙振昌夫妇对儿子的各种生活需要、愿望都很支持，也从来不对他发脾气，更舍不得打骂。但是父亲的威严在，要求他做到的事，也是说一不二，尤其在做人方面，一点儿都不含糊。

孙保卫有一个同学，家里五六个孩子，只有父亲一个人挣钱，每个月的工资才30元，要养一大家子人。他有时候会从家里拿些好吃的，把自己的小人书和学习用具送给同学，父母亲都很支持他。节俭的母亲对自己很吝啬，但是对孩子，对他帮助同学，从来没有反对过。她常说："我们宝喜心眼好，爱助人为乐。"

好孩子也有不好的时候，孙保卫出去打架惹祸之后，父母亲会罚他站，让他写检讨。

痛失自己的孩子并因此不能再生育，是母亲心中永远的痛。母亲病逝后，他才知道姐姐也是父母抱养的。姐姐的脸上有一大片黑记，可能就是因为那块黑记让母亲从心里疼爱这个婴儿。母亲把这个没有人要的女儿抱回来精心抚养，后来又抱养了宝喜，把他们捧在了手心里。

因为脸上的黑记，姐姐没少受坏孩子的欺负，他每次都会替姐姐出头。有一次，同一条街上住着的岱钦和一群坏小子拦着宝喜的姐姐起哄，骂她"丑八怪"，姐姐哭着跑回家。孙保卫听了没吭声，悄悄出去和岱钦打了起来。

孙保卫虽然岁数不大，但个头不小，而且劲儿很大，打架很厉害。岱钦打不过他，边跑边说："你就是个没人要的野孩子，是捡来的破烂儿孩子。"

孙保卫回家后，隰秀庭看他灰头土脸的，就知道他肯定在外面打架了。她一边拍打着他身上的土，一边训他："说了多少回了，不能在外面惹祸，你咋就不听呢？"

"他们欺负我姐……"

"那也不能打架，在外面打架就是你的不对。你爸回来要是知道你又在外面惹祸了，非得罚你不可。"

"被欺负还不能反抗啊？"他急得眼泪都流了下来，"他们还骂我是没人要的孩子，是捡来的孩子。"

隰秀庭愣了一下，气得脸涨得通红，拉着他就往外走。

"走，找他们家去。"

隰秀庭气呼呼地拉着孙保卫去岱钦家。

"你是怎么教育你们家孩子的？说我们宝喜是没人要的孩子，是捡来的，他怎么知道的？"

一进门，妈妈不由分说地冲着岱钦妈妈发起火来。孙保卫从来没见过妈妈发那么大的火。

"对不住了，宝喜娘。"岱钦妈妈赔着笑脸说，说着拉过孩子就打，"你这个小兔崽子，一天到晚胡说八道，到处惹是生非，还不赶紧给人家赔礼道歉？"

岱钦挣扎着喊道："你就知道打我，他欺负我你咋不打他？"

孙保卫瞪着眼问他："我为甚打你，你咋不说说？你欺负我姐，我才打你的。骂我姐骂得那么难听，你算什么男子汉？"

岱钦不吭声了。岱钦妈妈知道自己的儿子理亏，脸上挂不住了，又揪住岱钦在屁股上打了两巴掌。

隰秀庭看着不忍，拉住了岱钦妈妈，说："行了，好好管你家的孩子。小孩子打打闹闹都没啥，那些话可不能乱说。"

"就是，就是。宝喜妈，我回头好好教训他。"

回家的路上，母亲还气呼呼的。孙保卫也不敢出声，一溜小跑跟在身后。

那时候他还小，不明白妈妈为什么会那么生气。等长大了，知道了自己的身世，他理解了母亲，自己和姐姐是抱养的这件事，是母亲一辈子不能碰的底线。父母在世时，孙保卫从来没有提过这件事，把一切疑问都藏在了心里。

"后来，我遇到了巴图纳森大哥，还看到了张宇航那个报道，知道了当年的一些情况，才知道都贵玛额吉就是当年抚养我们的'临时妈妈'。

"张宇航是广东一个报社的领导，资助咱们这边的贫困学生上学。他知道都贵玛额吉的故事后非常感动，就来看额吉了。我听说之后，更想去见都贵玛额吉了。人家张宇航都这么尊敬都贵玛额吉，我们更应该去看望额吉。早前是不知道，现在知道了，我就有点等不了了。

"那个时候也没有特别的想法，可能就是因为她是最早带过我们的人，见过我们小时候的样子。参加乌兰夫100周年诞辰纪念活动，包括去看都贵玛额吉都是在我父母亲去世之后。如果他们还在，我还是担心老人会伤心的。"

二

看望都贵玛额吉后，日子如常地过着，孙保卫的脑海里却不时浮现在脑木更与额吉在一起时的情景。这一次与都贵玛额吉相见，他好像找到了一位亲人，那个感觉说不清道不明。几十年全无接触的两个人，感情竟然能跨越时光的阻隔，在这个夏天无缝对接。

"真的是无缝对接。"孙保卫每每回忆起来都觉得神奇，"老人像迎接孩子回家，而我们就像是一直生活在一起，只是刚刚出了趟远门。"

虽然相认之后，他们与都贵玛额吉并不经常见面，但是对于他们来说，都贵玛额吉就是一个温暖的存在，什么时候想起来，在脑木更都有一个亲人。

孙保卫在汉族家庭长大，但是这并不妨碍他与都贵玛额吉，还有在牧区长大的其他"国家的孩子"交流感情。

他们之间感情的拉近是从孙保卫女儿的婚礼开始的。

孙保卫的女儿从武汉财经学院毕业，找了在郑州大学工作的如意郎君，定居在河南郑州。女儿结婚，只是在乌兰花镇办了个简单的婚礼，请的都是亲友。他并没有打算通知刚结识不久的兄弟姐妹。

婚礼那天，都贵玛额吉，还有十几个兄弟姐妹都来了。他们穿着节日的盛装，捧着哈达，还带着奶食品、面圈等贺礼。那阵容让在场的人都惊呆了。

孙保卫激动得热泪盈眶，向妻子一一介绍着他的"亲人"。

大家都知道孙保卫在乌兰花镇的亲戚特别少，便问他："这些是谁了？"

他望着围坐在一起的兄弟姐妹，意味深长地说："都是亲的。"

"没听说你家在牧区还有亲戚啊？"

"刚认下的，亲亲的亲戚。"

那一刻，他认定他们是自己在这个世界上的亲人。他曾经因为自己家在本地亲戚太少而感到孤单，现在再也不会为亲人太少而遗憾了。

在交谈中，孙保卫一再表示，如果父母亲都还在，他无论如何都不会想着去追寻自己的身世。

他长长地叹了一口气，说："谁不想知道自己是从哪里来的呢，谁不想知道自己的亲生父母是谁，那毕竟是生命的源头。人活着总是想弄明白自己是从哪里来的。"

孙保卫说，他小时候没少因为别人说他是抱来的孩子而打架，但是他不再回家和母亲说了，他不想让母亲生气。母亲从小是孤儿，吃过不少苦，对于一个传统观念特别强的河北女人来说，不能生育是心里永远的痛。他不管怎么淘气，绝不会做伤害父母的事。

中学时，他是"打架大王"，不是打架厉害，而是打架次数多。

"那个时候觉得我们家可缺人呢，没有个帮忙的。我就豁出去了和他们打。一群人我打不过，他们合起伙来打我的时候，我就忍着，瞅着他们跑单了，我就挨个打他们……回家后我也从来不告诉我母亲，她知道了就心疼得哭呢。"孙保卫说到母亲时总是特别温情，"后来她身体不好，也是因为老是忧虑，还有就是年轻时落下的病，总是缠着她。"

孙保卫家的生活条件好。那些年，大家穿的都是粗布衣服，孙保卫就有的确良衬衫，学校搞活动，他的白衣服、蓝裤子总比别的同学好看；那时候，很少有人家里有乐器，孙保卫却有笛子、口琴，还吹得不错，吸引很多孩子羡慕的目光；在乌兰花镇还没有几辆自行车的时候，孙保卫就有一辆，每天上学，他都拉风地骑进校园，和为数不多的几辆老师的自行车放在一起……尽管条件优越，但是孙保卫一点儿也不娇气，从没有歪心思。每到寒暑假时，在房管所做所长的孙振昌就会把儿子叫到建筑工地，让他锻炼，勤工俭学。

慈父严母对孙保卫一生的影响是巨大的。母亲身体不好，但是对奶奶极为孝顺，奶奶90多岁去世，母亲伺候多年，婆媳间从无嫌隙。

初中毕业的时候，有一个招工的机会，孙保卫想上班，帮母亲减轻家庭负担。母亲和父亲商量后，没有同意，对他说："咱们家没有读书人，你有条件读书，就要多读书，啥时候读不成了再说。你上到什么时候，家里就供你到什么时候。"

17岁那年，孙保卫高中毕业，赶上了"上山下乡"。下乡一年后，父亲落实政策，给一个安置指标，孙保卫就进了食品公司做了一名制冷工。

他也是在这里遇见了一生的伴侣。

"我就觉得我命好，本来就快饿死了，结果被送到内蒙古来，被这么好的父母亲养大，给了我一个温暖的家；我又遇见这么好的爱人，女儿也非常出色，我特别知足。"

"知足常乐"这几个字在孙保卫身上特别鲜明。他性格爽朗，从来不抱怨，即便是20世纪80年代末，他和妻子双双下岗，他也没有哀怨、消沉。那个时候，多病的母亲去世了，父亲卧病在床，他在父亲房子前面的凉房开了一个小副食店，一边伺候父亲，一边挣点生活费。

"我不敢说自己是'大孝子'，但是我对我的父母尽心了。"孙保卫说，"我父母生病时都是我在身边照顾。正好那个时候单位的效益不行了，我是个没事的人，就全心全意照顾他们。我姐姐是医院化验师，打针送药都是她管，到底方便不少。"

孙振昌自56岁高血压犯病后，发病7次，六进六出医院，第七回就没再起来，瘫了3年。

父亲那次犯病，孙保卫记得特别清楚。他和父亲住前后排，中间就隔着一家。当时在这片租房的老中医每天都去父亲家打水，那天正赶上孙振昌发病坐在地上，他赶紧跑到孙保卫家报信："宝喜，宝喜，你爸爸又犯病了，在地上坐着呢，我没敢动。"

"我当时正在洗脸，扔下毛巾就赶紧往我爸家跑，跑过去把他抱到炕上躺下。那次抢救了9天，才开始有了一点儿意识，吆喝他时知道点头了。"

主治医生和他说："哎呀，宝喜呀，你爸爸这脑出血，命是保住了，往好看是费劲儿了。"

孙保卫的心就像被抽空了一样，母亲去世了，父亲又这样了，他难过得不知道该怎么办。父亲好几次犯病都是在右边，这次出血是在左边，整个人只有一只手还能动，但说不出话来，就靠比画来进行交流。

孙保卫心疼父亲，看他的手臂、脚上都扎得没法下针了，就到处奔波着给父亲找中医调理。中药在医院能抓到2/3，有1/3需要去药店找，在医院抓药是百分之百报销，从药店买的，他还得跑相关部门去申请报销。那几年，孙保卫的生活就是奔波着找钱、寻药和熬药。

孙保卫由衷地钦佩父亲，却从来没有和父亲说过。他说："好像不好意思和父母亲说那些崇敬的话，现在想想，和自己的父亲有什么难为情的呢？现在倒是想说了，他却听不到了。"

有一件事给孙保卫留下的记忆特别深刻。有一天，不能说话的父亲抬着唯一能动的手比画着，然后拇指和食指对住搓。孙保卫不明就里，问："爸，你要说什么呢？是不是说钱呢？"

孙振昌点点头。

"你说钱，是问你的工资？"

他点头。

"你的工资咱们买药了。你是不是想看你的工资折子呢？"

他点头。

孙保卫把工资折子拿过来，父亲又摇头。

"你到底要说什么呢？"

他还拿手指搓，然后用手指在炕上划拉，想写。

"这个折子你想拿着呢？"

他摇头。

"那是什么意思？"

还是摇头。

孙保卫困惑了，平时父亲想要做什么，只要给他一个手势，他就能猜个八九不离十。但现在父亲说的是一个以前从没说过的内容，他一头雾水。

孙振昌也有些着急，呼吸都粗重起来，使劲地朝着茶几点着。

"你是不是要看报纸呀？"

他点头。

孙保卫赶紧把报纸拿过来。

他抓住枕边的老花镜急慌慌地扣在眼睛上，开始在报纸上找字，指住一个"党"字，然后看着儿子。

"你指住这个'党'字是要做甚呢？"孙保卫轻声地问父亲。

孙振昌继续在报纸上找，可是半天也没找到要找的字。他失望地看着儿子。

"你是要找旗党委？"

他摇头。

孙保卫解释道："你住院单位都知道呢，单位都管呢，你别挂心了。"

孙振昌还是摇头，指一下"党"字，再不停地朝儿子搓着手指。

孙保卫突然想到了，问："爸，你是不是说党费呢？"

孙振昌松了一口气，使劲地点头。

孙保卫瞬时泪上眼眶，心想，为了看病买药，日子捉襟见肘，父亲生活都不能自理了，心里还想着交党费的事。他不能和父亲说这些，所有的难处他都能扛过去，但是父亲的心事不能不管。他坐在父亲身边，说："爸，你放心吧。我都给你交，一分都不会少。"

他看见父亲使劲点了点头，脸上的表情轻松起来。后来，孙保卫替父亲交了党费，特意要了一张收条给父亲看，父亲高兴地向他伸出了拇指。

父亲临终前，比画着叮嘱孙保卫不要任何排场，简单料理后事。

父亲走后，守着空荡荡的家，孙保卫心底一直萦绕着失去亲人的伤感。他想：不能再这样下去了。工作已经没有了，日子还得继续过下去，必须重新开始规划自己的生活，还得活出个样子。他的父母亲一辈子都是要强的人，他不能过得稀里糊涂的。

他和妻子商量卖掉了老房子，和曾经的同事建了一个冷库，开始了他的创业之路。

这个事业他们做了将近20年，经营状况还好，能自食其力，足以告慰父母的在天之灵。他的妻子则跟着她的哥哥经营一间小兽药店。女儿也长大成人，成家立业。

"我发现，只要心里想过好日子，就能想出办法来。我不愿意每天唉声叹气的，怎么过不是过呢？我反正就想高高兴兴地过。"孙保卫说，"我家这边亲人少，我爱人那边哥兄弟好几个，都很有出息。我们是老大，弟弟妹妹们都搭照着呢。我很知足。"

在妻子的娘家，孙保卫填补了缺失手足亲情的遗憾。他的岳父老年时也是他们夫妇在跟前照料的，最后为岳父送了终。"这不算什么，俺奶奶活了93岁，一直跟着我爸我妈，有他们在前面做榜样呢。我的父母亲最讲究的就是孝道，我不能差了样儿。"

那时，事业的合伙人和他商量迁到呼和浩特去发展，但他离不开这个从小长大的地方，而且岳父也需要人照顾，于是，他退出不做了。妻弟的事业做大后，就把经营多年的兽药店给了他们夫妇俩。小店的生意一直还好，妻子在兽药店做了20来年，几乎成了半个兽医。退休后，孙保卫安心地和妻子做着兽药店的生意，享受着充实的时光。

事业稳定后的一段日子，孙保卫也动过寻找上海亲人的念头。尤其是见了都贵玛额吉后，他的心更活泛了。

一次去南方的机会，孙保卫来到上海，在上海市儿童福利院门口，驻足许久。那一刻，他百感交集：多年前，他从这里北上内蒙古大草原，此后的命运发生转变，此前与他相关的一切则彻底留白。

在繁华都市的街上，川流不息，熙熙攘攘，却与他都是陌路；在他曾经短暂停留过的福利院，也丝毫感受不到亲切的气息；附近的乡村虽然生机勃勃，却难以与自己的身世产生任何关联……他的内心更茫然了，他到底来自哪里？他出生时的第一声啼哭又是在哪片土地？哪个院落、哪扇窗子会有人想起当年送走的两三个月大的婴儿……

他也曾不甘心地在网络上寻找亲人，还联系了电视台的寻亲栏目……无所回应的日子让他越来越绝望，最初那点寻亲的热情被杳无音信的时光消磨殆尽。

"找不到了，这么大岁数，想想我们的亲生父母也得七八十岁了，都不一定健在。这么多年都没找到，以后更难了。我尽力了，不找也不觉得遗憾。"孙保卫说。

后来，扎拉嘎木吉、阿毛他们参加《北方新报》组织的去上海寻亲的活动，孙保卫没有报名。

第七章

寻亲路上

一

2010年，都贵玛收到一份春天的邀请：参加"蒙牛传情　草原圆梦"——纪念南方3000孤儿落户内蒙古50周年公益活动。

4月20日上午，都贵玛盛装来到活动现场。她一出现就被前来参加活动的"国家的孩子"的代表们团团围住。他们来自内蒙古各盟市，虽然多半和都贵玛没有交集，但是这并不妨碍他们内心的亲近感。那种亲近感就是源自这片土地，源自像都贵玛额吉一样的母亲们的温暖怀抱。

这个活动由《北方新报》联合上海《新闻晚报》、江苏《扬子晚报》、江苏吕大姐寻亲网、北方新闻网，与内蒙古自治区党委宣传部、内蒙古自治区档案馆、内蒙古日报社、电影《额吉》剧组等单位共同推出，由蒙牛乳业出资赞助。

都贵玛终于等来了孩子们寻亲的一天。让孩子们回到他们出生的地方，去寻找亲生父母、手足亲情的心愿，一直藏在她的内心深处。眼前这个寻亲的机会，难能可贵。

回到四子王旗后，都贵玛没在乌兰花镇多停留，而是急切地给阿毛打电话，让他来接她回脑木更。

打完这通电话，她迟疑了半天，这么着急回到脑木更做什么呢？在参加活动的时候，她就开始想回脑木更了，想回到孩子们待过的地方，虽然那里已经不再是原来的样子，但那里有她的回忆，还有孩子们小时候玩过的玩具、穿过的小衣服……还有一个想法是，把这个好消息告诉扎拉嘎木吉和阿毛，让他们告诉更多的孩子。

阿毛听到这个消息后，激动地在都贵玛额吉家里走来走去。他已经开始想象自己回到上海的街头，看到了他被马车拉走的那条街道，以及转角处妈妈的眼神……他已经记不得妈妈的样子，但是为什么每次都会想起"眼神"呢？

因为存有老家模糊而零散的记忆，来到内蒙古后，有几年他一直惦记着要回去，而且也有几次试图"逃走"。后来，他慢慢明白，"回去"只是他的一个念头，一个虚幻的念头。

茫茫的草原无边无际，上海远在天边，他小小的脚步怎么走得回去呢？即便跑出了草原，跑回了上海，他又到哪里找自己的家？

他最大的念想是：妈妈有一天会到孤儿院去找他。可是，随着他渐渐长大，越来越觉得妈妈找到他的希望太渺茫了。生活安定下来后，他也断了回上海的念头。可是，他还是经常会梦到老家的房子，梦到家里的人，却总是看不清他们的面容。

他想，人这辈子总是要给自己的内心一个交代，所以他想回去看看，了却自己的心愿。最重要的是，他要去孤儿院问问，有没有人来找过他。

回到脑木更，他一刻也不耽搁地跑到扎拉嘎木吉家。

他和扎拉嘎木吉就像亲兄弟一样，放牧在一起，打草在一起，什么事两个人都会一起商量。"上海寻亲"这么大的事，一定要两个人一起去。

扎拉嘎木吉正在家里倒腾羊圈，脸晒得红通通的，额头上冒出大颗的汗珠。

阿毛下了摩托车，一边和扎拉嘎木吉打招呼，一边就找了一把铁锹跟着他干起活儿来。

"扎拉嘎木吉，有一个天大的好消息！"

扎拉嘎木吉停下手里刚要挥动的铁锹，双手挂着，不大相信地问："天大的？"

阿毛头也不抬地干活儿，好像浑身有使不完的劲儿。

"当然是天大的了！你不信问额吉去，额吉和我说的，有人组织去上海寻亲了。你说是不是天大的好事？"

"寻亲？去上海？你想去啊？"他继续干起活儿来。

"是啊！你也去，咱俩一起。"

"我得和家里人商量商量。你说能找见吗？"

这句话让阿毛也停下了手里的活儿。他看扎拉嘎木吉一直在等他回答，便无所谓地说："哎，管他呢。找见找不见都没关系，最关键是咱们可以去看看自己的老家，踩一踩那里的土地。"

阿毛走后，扎拉嘎木吉的心也不平静了。

上海太遥远了。虽然他对那里充满了好奇，但是真的要去，他反倒犹豫了。

上海，或者更准确地说上海一带，是他出生的地方，可他从不记事的时候就来到了内蒙古，他所有的生活都是在杜尔伯特草原上，在都贵玛额吉身边，在父母的爱护下。上海对他而言，虽然可以算作出生地，但实际上也就是一个城市的名字，没有一丁点感情成分在里面。再说，几十年了，他从来没想过要找亲生父母，现在也没有这样的念头，他要不要去呢？

晚上，他对妻子娜仁其木格说了自己的想法。娜仁其木格一点儿都没犹豫，说："去，一定要去，去看看你的出生地。"

妻子懂得他的心。

要说一点儿也不想去看看，是不可能的。本来她还想着等他们都老了，闲下来时，老两口去看看外面的世界，顺便也去上海看看。现在机会摆在眼前了，他们怎么会不心动呢？

扎拉嘎木吉出了屋骑上摩托车，朝都贵玛额吉家而去。

多少年了，他和阿毛一样，有什么事都要去问问都贵玛额吉。虽然阿毛说是额吉让他来的，但他还是想亲耳听额吉说。

都贵玛额吉见扎拉嘎木吉来了，心里明白他为何而来。这个孩子从小就这样，心里想什么，她都猜得出来。

"就去看看吧，就当旅游了。"

"额吉，你也去吧。"

"额吉这次不去了。等有机会，额吉也得去上海看看，看看你们出生的地方到底什么样。"

"还不就是那样，就是城市呗……家里的活儿这么多……"扎拉嘎木吉嘟囔着。娜仁其木格得了类风湿性关节炎，每天都很疼，这个时候出去，他心有不忍。

"家里的活儿什么时候少过？你岁数也不小了，劳累这么多年，有机会出去走走看看，挺好的。"

都贵玛额吉的话，让他定了心。

扎拉嘎木吉和阿毛顺利报名。两个人正为能一起出去玩而开心时，娜仁其木格的姐姐来到了扎拉嘎木吉家。

珠拉一见大姨来了，开心得不得了，帮着阿爸张罗着给大姨做饭。

听说娜仁其木格得了类风湿，她的姐姐特别担心。看着妹妹变得肿大、变形的指关节，她拉着妹妹的手说："疼呢哇？都说这个毛病可遭罪呢。趁早看，趁着不严重，别心疼钱。"

"没事，姐，看着呢。珠拉现在能帮我了，家里的活儿也都是他们做。"

"还有，你是不有点糊涂了，怎么能同意扎拉嘎木吉去上海呢？他真找到了亲生父母，就不回来了。"

"不会的。扎拉嘎木吉不会。他一天不喝奶茶都睡不踏实，咋能不回来呢。说到底，他是这里的人。"

"这也不好说，要是找见了，人家那是亲的，人不亲血也亲。"

"要是那样……也没啥。谁不想知道生身父母是谁？要是真找见了，他也有亲人，我们也多了亲戚了。"

"你的心倒是宽。一个人的心要是不在这里，那日子过得都没滋味。我看还是别让他去了，就好好守着媳妇孩子过日子呗。"

扎拉嘎木吉进屋拿东西，见大姨姐的情绪不好，妻子也沉闷着，就关心地问："没事吧？"

"你在这儿有家，有媳妇，有孩子，还去上海做甚？"

原来大姨姐是为这件事而来，扎拉嘎木吉笑了。

"我是去旅游，不是寻亲。"

"旅游非得去上海？我看你去了就不回来了。"

"不回来我去哪儿呀？这是我的家，我咋能不回来？"

"娜仁其木格身体不好，你走了，家里的活儿又都落她身上了。"

"珠拉在呢，我没几天就回来了，也就是两三天。"

姐姐还要说什么，娜仁其木格拉了拉姐姐的胳膊，说："姐，真没事，让他去吧，现在岁数大了，再不去以后腿脚不行都走不动了。我是身体上有毛病，不然还想跟着他去呢。"

快30年的夫妻，娜仁其木格理解扎拉嘎木吉，别看他犹豫，心里还是很想去看看的，不然心里总装着遗憾，日子过得都憋屈。扎拉嘎木吉的性格挺闷的，寡言少语，更不会说好听的，但是他踏实，既能吃苦，又勤快，他们的日子过得虽不是多富裕，却很幸福。现在两个女儿都出嫁了，珠拉也长成了大姑娘，娜仁其木格挺想陪着老伴去外面走走逛逛，可是得了这个缠人的病，她的心里充满了焦虑和无奈，不禁伤感起来。

二

历时3个月的寻亲活动在内蒙古、上海、江苏、安徽、浙江等地陆续展开，各地媒体也对相关活动进行了连续跟踪报道，一时间引起了广泛关注。

2010年4月，一列火车载着41名来自内蒙古各盟市的"国家的孩子"从呼和浩特出发。此行人中，四子王旗的有扎拉嘎木吉、阿毛和孟根其其格等5人。

《北方新报》随行记者祝汉宾对此次寻亲活动记忆深刻："这一路上，内蒙古的'国家的孩子'的最大特点就是没有诉求，想找到亲生父母的愿望也不强烈。他们就是到上海来看看自己的出生地，目的明确、简单。"

在寻亲大会开始之前，参与活动的人坐在会议室里讲着自己的故事，来自内蒙古的"国家的孩子"都在默默流眼泪。踏上上海这片土地，触动了他们的心——50年前，他们离开了亲生父母的怀抱，面临死亡的威胁，如果不是内蒙古接纳了他们，很难想象他们的命运。此刻，仿佛要把当时生离死别的泪水还给这片土地，他们都禁不住泪水涟涟。

一位来自锡林郭勒盟的残疾老人超克图引起祝汉宾的关注。起初，超克图只是看着大家哭，后来他也哭了。内蒙古电视台随访记者问他："你哭啥呢？你不是说你不想找到亲生父母吗？"

超克图哭着说："我看他们太可怜了。"

记者听了他的话，非常诧异，问："你不可怜吗？你不和他们一样吗？"

他说："我有家。我有爸爸妈妈。"

祝汉宾说，超克图的母亲就是当时锡林郭勒盟保育院的保育员。超克图患有小儿麻痹后遗症，很多牧民领养的时候都很犹豫。保育员虽然有儿子，但还是把他留在了身边，对他比对亲儿子还好。他在优渥的家庭长大，享受着父母、哥哥的爱，成年后娶了媳妇，有了自己幸福的小家。因为家中老人人品好、威望高，他生活得顺风顺水，在他的生活里没有"悲凉"这个词，所以，其他地方的人讲述自己成长中的种种不易时，他为他们伤心不已。

"我们内蒙古的'国家的孩子'普遍都知足、乐观。"祝汉宾说。

扎拉嘎木吉一直优哉游哉地跟着大家一起走，远没有阿毛兴奋。他用欣赏的眼光看着陌生的城市和沿途的风光。每走到一个新的地方，他都忘不了给都贵玛额吉打个电话，告诉她到哪里了，问额吉好不好，距离加重了他对额吉的惦记；他也给妻子打电话，和她说说路上的所见所闻。

他背着大大的包，里面装满了奶食品、肉干，早上基本就吃自己带的。

后来他发现，同行的几个人也都带着家乡的食品。

辗转几个城市，南方的风光虽实让他们大开眼界，但是他们也想念内蒙古的家，想家人，想手把肉和喷香的奶茶，还有每天羊群、牛群出去归来时的喧闹。

转遍了北京城的

　　　　四十条大街和八十个胡同
　　　　但所有这些
　　　　都比不上家乡的景色美
　　　　…………

　　扎拉嘎木吉唱了两句，逗得大家都笑了起来。

　　"你这是哪儿的词啊？你应该改成转遍了南方的多少大城市和小乡村。"

　　"这是我小时候听钢·特木尔大叔唱过的故事：一个姑娘远嫁到城市，白天黑夜地思念着父母、家乡。就是这么唱的，不管城市有多好，她都想家。"

　　"我怎么没听过，你再唱唱，我学学。"

　　"咱们还是唱《美丽的草原我的家》或者《草原上升起不落的太阳》吧，大家都会的。"阿毛说。

　　　　美丽的草原我的家
　　　　风吹绿草遍地花
　　　　彩蝶纷飞百鸟儿唱
　　　　一湾碧水映晚霞
　　　　…………

　　他们旁若无人地唱起来，歌声打动了随行的工作人员。他们知道刚刚出来没几天，这些"国家的孩子"就已经想家了，于是特意定了一个饭店，安排了一次聚餐。当天晚上，他们把餐厅变成歌舞的海洋，大家唱了一首又一首歌，每首歌响起的时候，都有人踏歌起舞。奔放的舞姿，激情的歌声，吸引了很多饭店就餐者围观。

　　从宜兴到无锡再到上海，每一场寻亲会，内蒙古的"国家的孩子"都成为大会上的亮点，他们开心得像个孩子，嘻嘻哈哈地唠着嗑，与那里的草色及周遭的景物融为一体，仿佛他们就是那浓郁绿色中的一部分。

"在寻亲大会上，你最不难看到的就是焦虑、凄惶、悲伤这样的表情，但是你在内蒙古寻亲团的人中看不到，他们好像不是来寻亲的，只是来看寻亲的，既身在其中，又置身其外。一说寻亲，找丢失多年的亲人，就会觉得这些失去亲人的人很可怜，但是这些'国家的孩子'身上表露得很少，他们的生活条件虽然不是特别富有，但是他们大多数都对自己的生活现状感到满意，一看就是在有爱的家庭里长大的。他们仿若原生家庭一样地长大，享受着父母之爱，享受着家庭温暖，他们身上自尊、自爱、守礼、内敛的那股劲儿，特别难得。"

寻亲之旅，阿毛最想去的是上海的孤儿院，就是他们曾经出发的地方。

上海市原来的孤儿院早已更名为上海市儿童福利院。几经周折，他见到福利院一位退休多年的老人。老人说，从1959年到1962年，上海市孤儿院每天都可以从大街上捡到上百个弃儿，大部分是从江苏、安徽和浙江等地带过来扔下的。当时长三角一带粮食紧缺，而城市条件比农村好一点儿。送往北方各地的孩子基本上是警察在大街上捡回来的，年龄多半根据孩子的牙齿状况来推算。由于当时的条件限制，没有留下任何可供查询的档案。

老人建议他们到上海周边的苏州、无锡和南京等地碰碰运气。临别前，老人说："无论将来能否找到家人，都别怨恨亲生父母，因为当年上海周边饿死了许多人，把你们带到上海扔在大街上，是没办法的办法。"

寻访孤儿院一无所获，这样的结果在阿毛的意料之中。

他说："哪那么好找，要是有档案、有线索，送到内蒙古的时候就给带上了。不过，找过了就不遗憾了。"在他的记忆中，当年妈妈领着他出来，送到上海的街头是坐了大汽车的，说明他的家在上海周边。苍茫大地，茫茫人海，一点儿线索都没有，想找到亲人，无异于大海捞针。他试探着问是不是有人来找过"阿毛"，得到的回答是，这里来过不少找孩子的人，但已经过去了半个世纪，哪里还记得是否有人寻找过"阿毛"呢？为此，阿毛心里难过了很久，但是心却安定了下来。他愿意在心里相信，妈妈还活着，家人都好好活着，他也会好好活着，虽然到不了一处，但是两厢安好，就是最好的。

在能否找到亲生父母这个问题上，四子王旗的5个"国家的孩子"的观点出奇地一致。他们出发的时候就有一个共同的目标：去上海以及上海周边地区看一看，踩一踩出生的土地，就像完成一次从草原回溯生命源头的旅行。

他们说："如果能找到亲生父母，当然很高兴，这个世界上又多了很多亲人。找不到也没什么，我们来过了。生我们的地方，也是有恩情的。我们会献上我们的敬意和祝福。"

这些话说得豁达、敞亮、真诚，但是在随行作家刘金梅的心里还是回荡着一丝遗憾和难过。他们面对着滔滔的黄浦江，手捧着哈达，唱着纯正的蒙古族民歌，向出生的土地献上一份感恩，以此作别。那一刻，刘金梅潸然泪下。

在整个活动过程中，有很多的人和事让"国家的孩子"们感动，他们感受到重视、关爱和温暖。

蒙牛乳业（马鞍山）有限公司是寻亲团的第一站。"草原母亲"雕塑落成仪式在蒙牛乳业（马鞍山）有限公司工业园区举行。乌兰夫的女儿、已88岁高龄的云曙碧女士也克服各种困难参加了落成典礼。

"草原母亲"雕塑的形象是一位牵着女儿的慈祥的母亲，充满期待地望向远方。

《北方新报》记者采访了寻亲团中的锡林郭勒盟苏尼特左旗的满都日娃，她是"国家的孩子"团聚的重要人物之一。她撰写了一本关于苏尼特左旗86个"国家的孩子"成长经历的书。

她说："这86个人的生活美满幸福，家庭幸福，工作顺利，儿孙满堂。我们有党和政府的关怀，身边有牧民的爱，我们过着美满幸福的日子。"寻亲未果后，满都日娃回到家乡注册了"国家的孩子"爱心协会，开始救助锡林郭勒草原上的孤儿们。内蒙古各盟市的"国家的孩子"也纷纷响应，无论是在城镇工作、生活的，还是在农村牧区的，都尽自己所能奉献着爱心，回报着社会。每一次爱心捐赠，四面八方汇聚而来的暖流中，都有"国家的孩子"的那份真情。

此次寻亲活动，41名南方孤儿代表均由专业的医护人员为其抽血提取了脱氧核糖核酸，并将身份信息和脱氧核糖核酸样本存放于上海寻亲组织的比对库中。

三

在上海寻亲之旅结束3个月后，内蒙古迎来了一批特殊的客人——南方探亲团。

8月的内蒙古正是草木茂盛，碧草连天，鲜花盛放，内蒙古草原敞开胸怀迎接远道而来的"亲人"。

8月6日至11日，来自江苏、安徽、上海等地的43名南方探亲团成员重走草原亲情路，从呼和浩特市到乌兰察布市四子王旗，从锡林郭勒盟苏尼特右旗温都尔庙遗址到苏尼特左旗。一路走来，南方探亲团成员见到了热情好客的内蒙古"亲人"，收获了爱与真诚。

这是《北方新报》发起的"纪念南方3000孤儿落户内蒙古50周年大型寻亲活动"系列活动之一。此次活动的策划人周长翔说，系列活动的基本意向就是"走出去，请进来"。走出去，带着"国家的孩子"去看看上海，寻找亲人；请进来，带着上海一带寻找当年送走"孤儿"的人回到内蒙古，来看看他们的孩子或兄弟姐妹生长的土地。

在南方探亲团到来之前，祝汉宾专程到四子王旗乌兰花镇，特别邀请都贵玛老人参加南方寻亲团四子王旗一站的见面会。祝汉宾说，请都贵玛老人出面，是为了让南方探亲团的人看看，这就是最早抚育孤儿们的"额吉"，这位慈爱、善良、宁静、大气的额吉就是草原母亲的代表。

都贵玛非常爽快地答应了。

8月7日清晨，都贵玛吃过早饭就开始熬奶茶，她把炒米放在干锅里炒出香味，再把肉干、奶酪和黄油等放进熬煮的奶茶里。她耐心地熬了一锅又一锅，一直站在锅前，不时地用勺子搅动，并轻轻地扬着茶汤。查干朝鲁在旁边帮忙，不时地催着母亲去休息一下。

"我不累。熬奶茶就得有耐心，熬出来的奶茶才好喝。"

逢年过节，或是有客人来，都贵玛都会这样隆重地准备。从小到大，查干朝鲁耳濡目染。起初，她并不是很在意，随着年龄的增长，她渐渐迷恋这种感觉，也学着母亲的样子去熬奶茶，去给家人认认真真地做每一餐饭，缝补每一件衣裳，过好每一个节日。

扎拉嘎木吉从小就嘴刁，不管查干朝鲁多么用心地熬奶茶，他都能喝出那不是额吉熬的茶，而且每次都要说出来。

扎拉嘎木吉和阿毛从上海回来后来看都贵玛额吉。他们拉着额吉坐在炕上聊一路的见闻，查干朝鲁给他们端上奶茶。

扎拉嘎木吉高兴地吹着热气腾腾的奶茶呷了一口，说："哎呀，好长好长时间都没有喝现熬的奶茶了。"

他把不足一周的上海之旅，形容成很长很长时间。

查干朝鲁笑他："刚几天啊，就想家了。"

"哎呀，你不知道啊，不出去就不知道咱们这儿有多好，奶茶喝起来有多香。我们带着的奶茶粉也就是对付的。"他又呷了一口，看着查干朝鲁，"妹妹的茶没有额吉的好喝。"

查干朝鲁笑着说："哥，你还真是嘴刁啊。"

"从小就喝额吉的奶茶，一点点就能喝出来，额吉熬的不一样。"

阿毛马上说："行了，有喝的就行了。额吉这么大岁数了，难道还每天给你熬着喝？妹妹的也好喝，各有各的手法。"

扎拉嘎木吉厚道地笑着说："还是你会说话。那句话怎么说的了，什么说的唱的。"

都贵玛额吉笑着提醒他："说的比唱的好听。"

"哎，你这是损我呢。"阿毛和扎拉嘎木吉笑着闹着。

查干朝鲁赶紧把茶碗拿走，怕碰洒了烫着他们。

"50多岁了，还跟小孩子似的……"都贵玛说，"接着说去上海的事吧。"

查干朝鲁一边听他们聊天，一边尝着奶茶，觉得自己熬的确实差点儿意思，也许是火候不到吧。额吉熬奶茶时，一直用勺子扬着茶汤，总是不急不慌的，一直熬到满屋子都是香味。

她想，那是传统的，更是情感的，因为有母爱在里面。

"你的爱心有多少，熬出来的茶里就有多少，能喝出来。"额吉的话打断了查干朝鲁的回忆。她笑了，觉得额吉还像年轻的时候一样，做事讲究，不愿意糊弄。她看着额吉，发现额吉煮茶的样子虽然专注，但是有些出神。

"咱们把暖水瓶都装上吗，额吉？"查干朝鲁问。

都贵玛没作声，查干朝鲁把暖水瓶都找出来，竟然有5个，虽然大小不一，但是保温没有问题。

"有5个呢，应该够了吧？"她碰了碰额吉的胳膊，"额吉，你想什么呢？5个暖水壶够了吧？"

"哦，应该够了，都装进去吧。"

都贵玛疲惫地坐在沙发上出神。面对来自孩子们出生地的探亲团，她一定要尽到地主之谊，但是，她能对他们说什么呢？50年的时光已经像河水一样一去不复返了，孩子们都在这里长大成人，有的已经有了孙子孙女。他们的到来，说明还有人惦记着这些像鸿雁一样飞来的孩子。

平日里，都贵玛很少回忆，更多的是关注当下、国家大事，关注社会发展，关注孩子们的生活境况和周围人的悲欢……但是今天的回忆以及因回忆而涌出来的疑问，充塞了她的脑海。她不明白自己到底是一种什么情绪，开心、嗔怨、希冀还是无奈，复杂的情绪缠绕着她。

查干朝鲁陪着母亲早早地来到饭店，把暖水瓶放在每一张桌上，又让服务员把茶碗都摆放整齐。

都贵玛让阿毛找车接她去饭店的时候，对他说："南方探亲团今天来，你也来见见他们吧？"她的潜台词是"说不定能有找到父母的线索"，但是她没说出来。阿毛说有事，只是让车过来了，人却没出现。

她知道，阿毛这次去上海后基本断了寻亲的念头。当他说自己站在孤儿院门口特别想大哭一场的时候，她看到他的眼里充满了泪水。这是阿毛长大后少有的感性的时刻。他如何能绕过童年被遗弃街头的创伤呢？

很多孩子来时还小，没有记忆，阿毛却一直抹不掉记忆里母亲把他放到街头的残酷一幕。他当时是懵懂的，但正因为当时的懵懂、无感，才越发显出明白后生离死别一刻的残酷。

都贵玛懂得阿毛内心的伤。阿毛说，有一个人非常幸运地找到了亲生父亲和兄弟，他问父亲，母亲呢？他的父亲哭着说，把他送到孤儿院之后一个月，他的母亲和妹妹就死了。"听他们讲这些，突然，我就不敢找了。"他害怕听到这样的消息。他宁愿相信他们都还好好地活在世上。

南方探亲团到四子王旗的时候，已经接近中午。祝汉宾拨打了查干朝鲁的电话，说探亲团已到，准备开车去接都贵玛老人，这才知道她早已到了。

探亲团的人一一落座，查干朝鲁一边拿着暖水瓶给客人们倒茶，一边说："这是额吉熬的奶茶，虽然不是牧区，但是在内蒙古招待客人，奶茶是必备的。"她用不大流利的汉语说着。

祝汉宾感动地赶紧接过来，说："辛苦了，您先歇歇，我来。"

他一边倒着奶茶，一边告诉大家："这是都贵玛额吉亲自熬的奶茶。"有几个人激动地向都贵玛额吉表达感谢。

酒宴开始了，主办方和接待方郑重地介绍都贵玛，探亲团成员热诚地看着这位当年抚养南方孤儿的"临时妈妈"，听都贵玛讲着孩子们来时的情景和成长的故事，有的人不禁流下泪水。

"当年有这么有爱心的妈妈照顾来到这里的孤儿们，真是感到特别的欣慰、感动。"

"草原上的妈妈是这么温暖、善良、淳朴，能在这样的妈妈身边长大的孩子是幸运的。"

"是啊，从这位老妈妈身上，我们看到了草原母亲的形象，向老妈妈致敬！"

"谢谢您，为我们的亲人付出了那么多辛劳和爱心。"

大家都表达着对都贵玛和这片土地的感恩。

都贵玛一直自然、淡定地坐在桌边，微笑着，偶尔用生硬的汉语应答几句。

查干朝鲁一手端着银碗和酒，一手托着两条哈达走到母亲身边。

祝汉宾没想到都贵玛做了这么多准备工作。他想：作为这些人中的年长者，作为照顾过南方孤儿的"母亲"，她最应该受到大家的敬重，她有资格享受人们的敬意。但是，面对远方的客人，都贵玛老人给每一个人斟满酒，又用双手捧着蓝色的哈达向远道而来的探亲团敬酒。

鸿雁北归还
带上我的思念
歌声远，琴声颤
草原上春意暖

鸿雁向苍天
天空有多遥远
酒喝干，再斟满
今夜不醉不还
…………

　　都贵玛手捧着哈达，带着查干朝鲁，走到每一桌都唱了歌，歌声真挚、温婉、绵长，有着淡淡的忧伤。

　　都贵玛始终是沉静的。在沉静的气韵里，流动着一种亲和。

　　敬完酒，都贵玛和查干朝鲁告辞。

　　探亲团的人意犹未尽，感慨万千。王海庚说："昨天看了3000孤儿进入内蒙古的展览，今天见了都贵玛老人，仿佛是一场洗礼。在当年物资极度匮乏的情况下，在内蒙古人民生活也不富裕的情况下，给了3000孤儿新的人生。感谢内蒙古人民！"

　　祝汉宾说："探亲之旅看上去像是一场旅行，但这是无望和期盼交织的旅行，每个人的心都是有伤痛的，不平静的。"

　　8月8日，苏尼特生态旅游娱乐园举行了盛大的篝火晚会。"我的亲人中也有'国家的孩子'，南方探亲团是他们的亲人，也是我们的亲人，我们要用最热情的方式迎接你们的到来。"苏尼特生态旅游娱乐园负责人白云霞的一席话，点燃了南方探亲团成员心里的火把。

寻亲网发起人吕顺芳哽咽了，说："这几天，我们无论走到哪里，都会受到热情接待。看到各级政府对'国家的孩子'那么关心、关注，作为他们的家人，我们心里特别感激。他们在这里并不是孤儿，而是拥有一个这么大的家庭，我们为他们高兴。"

南方探亲团从苏尼特左旗返回，路过四子王旗的时候，有人提出还想见见都贵玛老人。在他们的心里，满是对这位"草原母亲"的崇敬，看到她，就仿佛自己失散多年的亲人一直在老人身边一样，令他们安心。

四

初冬的乌兰花镇已经有了冬天的样子，刚刚下过一场小雪，虽然马路上的雪已经被车流碾轧没了，但是树坑里、小巷子的背阴处和马路牙子下面还能看到雪。风是硬茬的风，刮在脸上，冷冷的刺痛感。

外面的冷完全影响不到一场热闹的聚会。10多个"国家的孩子"从四子王旗的四面八方聚拢而来。每一个人都带着寒气进来，又迅速被兄弟姐妹相见时的热情烘暖。

自从4年前建立联系后，"国家的孩子"经常有这样的聚会。没事的时候，大家见见面，说说话；谁家办喜事，大家都会一起去，像亲戚一样走动着。

"你们看最近的《北方新报》了吗？"

孙保卫是最后一个到来的，进来的时候，身上带着一阵清冽的冷气。

他挂好衣服，从衣兜里掏出一份报纸。春天的时候，孙保卫开始关注《北方新报》，因为上面一直在追踪寻亲活动。虽然他没有参加，但是阿毛他们回来后，讲了整个寻亲的经过，他心里为他们高兴。或许是心理作用，所有关于"国家的孩子"的人、事、物，他都觉得亲切。

"没有，俺们在牧区看不到报纸。咋了？"宝德凑过来问。

"报纸上登了一篇报道，说是报社把'国家的孩子'的档案资料都交到内蒙古档案局存档了。"他兴奋地说，正热闹聊天的兄弟姐妹都围了过来。

"保卫你快念一念。"莎仁其其格说。

"对，保卫，你念念，看写了点啥。"

10月20日，作为"蒙牛传情 草原圆梦"——纪念南方3000孤儿落户内蒙古50周年公益活动的最后一项内容，记载着南方孤儿寻亲信息的档案正式移交自治区档案局，为"蒙牛传情 草原圆梦"活动画上了圆满的句号。

从4月20日起，"蒙牛传情 草原圆梦"——纪念南方3000孤儿落户内蒙古50周年公益活动正式启动以来，经过半年时间，从组织征集寻亲者到寻亲团跨4省寻亲，从为寻亲者免费提供DNA检测到带领"国家的孩子"代表看世博，50载亲情归卷存档，血浓于水的亲情与无私的爱相交汇，谱写了一曲爱与希望的动人乐章。

10月20日上午，在"蒙牛传情 草原圆梦"——纪念南方3000孤儿落户内蒙古50周年档案移交仪式上，蒙牛集团行政总裁姚海涛、北方新报社总编辑李德斌亲自向自治区档案局副局长朝克转交了档案目录。

…………

"这么说，咱们都有档案了，而且存到了档案馆里。"扎拉嘎木吉说。

"是呗。那没去寻亲的，存没存进去？"

"没去的，各个地区也都有记录呢，名单总是有的，也会存的吧？"

大家七嘴八舌地议论起来。

"等等，等等，大家先静一静，还有呢。"孙保卫拿着报纸，继续念：

50年前，内蒙古大草原以博大的胸怀接纳了3000余名南方孤儿，这是具有历史意义的事件，也是历史中不可抹去的一笔。

此次"国家的孩子"跨省南下寻亲，受到了社会的广泛关注，在寻亲过程中，也形成了大量的档案资料。如今，"国家的孩子"档案已经建立，这将为今后更多的"国家的孩子"寻亲提供翔实的信息，档案会永久保留下去。

"还有，还有，北方新报社总编辑李德斌说——"

3000孤儿的故事，从媒体角度看，是内蒙古的一个大事件。但是，它的内涵不仅仅是民族团结，实际上体现了人类的大爱……寻亲活动和自治区档案局的联手，把这件事的社会影响推向了一个极致，今天，南方3000孤儿的事件真正写进了国家历史。

"写进了国家历史，这个吃劲儿了。"

"就是，就是。"

"自治区档案局副局长朝克是这样说的——"

50年前，南方的孤儿还是婴儿的时候，他们来到内蒙古落户；今天，把南方孤儿的资料以及寻亲记录移交这里，也叫落户。寻亲只是一种形式，而它所表现的却是民族团结和人间大爱……这一事件作为历史档案存放越久远，意义和价值就越深远。

"咱们今天就为这，也得好好干几杯。"

大家互相招呼着落座，然后斟满酒，举起酒杯。杯子和杯子相碰的声音清脆悦耳，伴着欢声笑语，大家畅所欲言，载歌载舞地度过了美好的欢聚时光。

第八章

第29个

一

2006年7月的一个夜晚，广州某住宅小区。

"对不起，您所拨打的电话已关机。"

拨打十几遍都贵玛老人的电话，始终都是这样，张宇航不免有些着急。

一种不祥的预感从心里冒出来，他马上摇了摇头，好像要把这个不好的猜想驱散。

两天前拨打电话就是关机。当时，他值夜班，看到都贵玛被评为"十杰母亲"的消息，想打电话向她表示祝贺，结果没打通。他也没太在意，心里还嗔怪自己，不应该这么晚了还打电话。

第二天打，还是这样。

这已经是第三天了，此刻他才觉得异常。他甚至怪怨自己反应迟钝：昨天打不通就应该打听一下。

这种情况从来没出现过。虽然偶尔也有联系不上都贵玛老人的时候，但多半是因为她住在脑木更牧区，信号不好，只要她在草场上寻找到合适的位置，就能顺利地听到她的声音。

"儿子，你家里人都好吗？"

都贵玛慢条斯理的问候，每每听起来，张宇航都会觉得既亲切又温暖。

他站在窗前，俯瞰马路上交织的灯河。路上移动的车，仿佛浮在河面的一艘艘小船。都市的夜就是这样灯火璀璨，尤其是广州这种夜生活特别丰富的城市。

此刻，远在几千里之外的脑木更苏木一定是夜色如墨，繁星满天。只是都贵玛额吉在做什么？为什么手机一直处于关机状态？

他心神不安地开始翻找内蒙古朋友们的电话号码。

李丽梅走过来，看着丈夫眉头紧蹙，关切地问："额吉的电话还打不通吗？你别太担心了，说不定是额吉忘了充电。"说完，她也觉得这个理由有些牵强。她给丈夫的杯子里加了些开水，试探着说："你不行给四子王旗政府打个电话，或者宣传部……"

"这个时候，都下班了。"

张宇航挨个给有可能知道额吉消息的朋友打电话，却没有得到有用的线索，但是朋友们都答应马上帮忙打听。

时间好像被无限拉长了，一分钟都变得冗长。他不时地看着电话，又不时地看表。55分钟之后，有电话回过来了，是查干朝鲁。

"哥哥，阿毛说你找额吉，额吉住院了，手机不知道哪里去了……"

"住院"两个字一进入张宇航的耳朵，他的神经立马绷紧了，不等查干朝鲁说完就问："怎么回事？额吉什么病住院了？"

李丽梅过来，轻轻地拍了拍他的手臂，示意他别急。查干朝鲁的汉语不大好，问得太急，怕她更不知道该怎么说。

"额吉出车祸了。"

"啊？"张宇航几乎无法控制地"啊"了一声，声音大得把自己吓了一跳，"怎么会出车祸呢？额吉现在怎么样？"

"额吉去呼和浩特的本来……然后从脑木更……"查干朝鲁好像在寻找说清楚这件事的最佳表述方式。

他意识到自己催得有些急了，就安慰她："你别急，慢慢说，慢慢说。"

"额吉从脑木更去领奖的路上出的事，现在脱离危险了，就是……就是脊椎伤了不能动，需要进行一次大手术。"

"那你们在呼和浩特吗？安排手术了吗？"

"嗯，你放心吧，已经联系安排了。"

"谁跟你照顾额吉呢？有人帮你吗？"

"阿毛、扎拉嘎木吉他们在了，还有旗里的人，领导什么的，都在呢。"

"那就好，那就好。"张宇航总算松了一口气。

放下电话，他不知道该做些什么，只是下意识地在地上走来走去。

李丽梅轻声地说："你也别太着急了，他们旗里会很重视的。明天咱们给额吉汇点钱过去吧，开销肯定挺大的。"

他感激地看了一眼妻子，说："你安排吧。"

说完，他陷到沙发里，大脑迅速地转动着。他想，还得打几个电话，让在内蒙古的朋友了解这个情况。

然后呢，他还能做什么？

他从来没有像今天这样，感觉广州和内蒙古的距离如此遥远，远得让他充满无力感。

脑子有点乱,他很少有这样的时候,这就是所谓的"关心则乱"吧。多年的从政生涯,他历练得不说是处变不惊,至少已经能沉稳、冷静地面对很多事,可是额吉这件事让他心神不安,真的是那种"母子连心"的感觉。

打完几通电话,他的心稍稍安稳了,但还是不愿意动弹,也不想说话。

妻子懂得他的心情,更懂得他对额吉的牵挂,没有去打扰他。

夜色一分一秒地深下去。

张宇航在寂静中仿佛能感受到时光的流逝,时钟的嘀嗒声仿佛是时光远去的整齐的脚步,而他的思绪却是逆着时光远去的方向,从4年前走了回来。

4年前,也是这样的夜晚,他从一张带着油墨香的报纸上认识了都贵玛。

那是内蒙古乌兰察布的朋友乔静波寄来的一封信,里面还有一份《乌兰察布日报》,上面有他和广东爱心人士资助内蒙古贫困学生的报道。他打开报纸扫了一眼头版与自己有关的那条消息,之后就被第四版吸引。

第四版上是一篇长篇通讯,标题就是大大的3个字——都贵玛。他很好奇是什么样的人物,能占整整一块版面。

第一段读下来,他就被吸引了,一些关键词和情节刻印在他的脑海里:当年19岁的女孩儿都贵玛,抚养了28名"上海孤儿",也就是"国家的孩子"……这篇报道震撼着他的心,他为都贵玛的善良和奉献,也为内蒙古大地辽阔的胸怀和无私的母爱所感动。

那篇通讯,他看了3遍,从那一刻起就注定了他和这位蒙古族额吉的缘分。

他端详着都贵玛老人的照片,"额吉"的面容是那么慈祥,眼神又是那么坚毅。他的心里产生了一个强烈的愿望:我一定要抽时间去内蒙古拜望这位老人,向她献上一个遥远的广东人的崇敬!

那一晚,他的脑海中布满了通讯中所讲述的"三千孤儿"进入内蒙古,在城乡、牧区健康成长的故事。都贵玛19岁担起照顾28个"国家的孩子"的经历,更是令他仰慕。

他对内蒙古大草原向往多年：从小看过内蒙古大草原的歌舞《彩虹》，听过马头琴独奏《草原连着北京》，从小便熟读"草原英雄小姐妹"的故事……他对内蒙古是那么熟悉，又那么神往。第一次听马头琴的时候，他就迷上了那深沉、悠扬的琴声，到内蒙古草原上骑马驰骋，与蒙古族兄弟把酒起舞等念头，已经成为他深藏心底的梦。而今，因为有内蒙古接受"三千孤儿"的故事，因为有都贵玛老人，张宇航在资助贫困学生这一公益事业上又有了新的目标。

那一夜，他按捺不住内心的澎湃，挥笔写下心中所想：

那些在20世纪60年代自己生活也陷入困境的情况下，还默默地收养3000多名孤儿的牧民，不就是善良的化身吗？他们的心胸宽广得就像蓝天一样，那简易的蒙古包里，充满了真情；那古老的勒勒车上，装载着对朋友、对同胞兄弟的真诚……是草原的父老乡亲，使我懂得人的永恒的生命和价值，延续于人民群众的口碑和心碑之中，使我酝酿着一个真诚的心愿，并且更加迫切和凝重：

让内蒙古草原上也有3000多名孩子，在广东热心人士的帮助下，顺利完成坎坷的求学之路。

从17岁参加工作至今，张宇航大致做了从政、从文、从善这样3件事，他在散文集《守护善良》的后记中写道：

人过50，就知天命了，于是我静静地回忆50年人生路，思索下半辈子该如何活得更有意义。

从政，是工作的需要。一个毫无政治背景的教书先生的儿子，靠着党的培养和自己多干工作、勤恳做事做人的准则，于1996年走上厅级领导岗位，从政走到这一步，知足了。

从文，是生活的需要，是自己选择的一种爱好和追求。我比较喜欢安静，时常逼自己在纷繁复杂的环境中静下心来，梳理观察到、感受到的事物，写点想写的小文章，用以寄情抒怀。

从善，是做人的需要、情感的需要。人本善良，社会更需要和谐与善良。这从政治高度上说，不枉当了几十年共产党员。从情操上说，是一种对人生的自我完善。尽自己之所能帮助需要帮助者，这是每一个正直的人的共同美德。

从20世纪90年代起，张宇航把资助贫困学生上学的善事做到了内蒙古，从杜尔伯特草原到达尔罕草原、鄂尔多斯草原，从锡林郭勒草原到呼伦贝尔草原……一个个内蒙古孩子从草原走进他的心里，走进他的生活，走进广东爱心团队的视野。

去看望都贵玛老人，成了张宇航心中最迫切的愿望。

当时，他工作繁多，加之路途遥遥，一直没能实现这个愿望。

21世纪初，一个同事要利用暑假去察哈尔右翼中旗看望资助的一名学生。张宇航给他讲了都贵玛的故事，拜托他到察哈尔右翼中旗办完事后到四子王旗去看望都贵玛老人，给她照张相片。同时，让他带一张自己的照片和真诚的祝福。

同事见到都贵玛老人后，给他发了一条短信：在老人的心中有一座留给远方儿子的蒙古包。

简简单单的一行字跳进张宇航的眼中，落到心湖里，激起情感的水花。他说："都贵玛老人对于上海孤儿来说，是母亲博大而温暖的怀抱；对于我们来说，是天边的一盏明灯，永远照耀着我们前行的方向。"

同事回到广东后，他第一时间赶过去，询问都贵玛老人的情况，不管同事说得多么详细，他都觉得没听够。他想知道的情况太多太多，哪里是一个匆匆来去的人能详尽描述的呢？

"都贵玛老人听说你在资助内蒙古的孩子上学，特别感动，激动得当时就想和你说说话，可惜没有电话。别说是电话，到了那里，连信号也几乎没有。"

张宇航听着这些话，内心有一个声音反反复复地说：总有一天，我会去看您，亲口叫您一声"额吉"。

与都贵玛老人相见的愿望，终于在2004年的五一假期实现了。

5月2日，一个晴朗的星期天。草原上虽然还残存着春寒，但是万物复苏的生机已经浮现。

张宇航和爱人李丽梅，以及广东爱心团队的几位朋友，来到四子王旗。他们先到乌兰花镇看望了在民族希望小学资助的5个孩子，为他们送去学习用品和助学金，还和孩子们谈心，了解他们的愿望，鼓励他们一定要好好学习，长大后报效祖国，回馈社会。

之后，车子一路飞驰，向着脑木更苏木而去。

多少次想象过的相见一幕，到了相见时竟全然不同，而且比想象震撼。

到都贵玛家附近时，他们远远地就看到都贵玛老人穿着崭新的蒙古袍，带着女儿女婿，快步迎了过来。

张宇航把在广东放大洗印的都贵玛老人的照片送给她，深情地说："额吉，我和爱人，还有广东爱心团队的朋友们来看您了。"

都贵玛一手牵着张宇航，一手牵着李丽梅，用生硬的汉语热情地招呼着大家回家。

一句"回家"，让张宇航热泪盈眶。

"回家"，只有亲人才这样招呼。

初次相见，都贵玛老人对他们没有半点生分，像见到了久在外乡的孩子一样，拉着他们的手回家。

都贵玛住的房子是一座简陋的土屋，她没有让他们进土屋，而是拉着他们走到土屋旁边新搭建的两座蒙古包。她指着其中一座蒙古包对张宇航说："这是我为你搭建的蒙古包，今后这里就是你在内蒙古草原的家。"

"额吉，谢谢您，谢谢！我们在杜尔伯特草原有家了，额吉，我们有空就像大雁一样飞回来，守在您的屋旁，和您做伴儿。"

都贵玛频频点头，说："好，好，有空就回来。"

蒙古包内干净整洁，馨香的奶茶早就在炉子上滚着，热气腾腾。都贵玛亲自把一碗碗奶茶递到大家的手中。她不大说话，只端详着他们，听他们说着来自远方的真情话语。

这时，她像想起什么似的，用蒙古语叮嘱女儿。

查干朝鲁转身出去，很快就捧着两件崭新的蒙古袍回来，走到张宇航面前。

"这是额吉送给你和嫂子的。"

张宇航既意外又感动地看着都贵玛老人，说："额吉，您这第一次见我，就送给我蒙古袍啊！"

"你是我第29个汉族儿子。"都贵玛老人站起来，拿着蒙古袍，"来，我帮你穿上。"

"你是我第29个汉族儿子。"这句话虽然是都贵玛老人轻声说出来的，却重重地落在张宇航的心上。

"谢谢额吉。"张宇航想说这句话，却哽在嗓子里，发不出声音。他想，对于额吉的深情，"谢谢"二字显得太轻了。

他索性安然地任由都贵玛额吉帮他穿上蒙古袍，体会着额吉对他的爱。

查干朝鲁也帮李丽梅换上了崭新的蒙古袍。夫妇俩穿着蒙古袍站在众人中间，那份崭新既是衣装的，也是内心的。

张宇航夫妇湿润了眼眶，激动地将都贵玛老人拥在怀里。他们拥在一起的时候，都贵玛老人也流泪了。那是喜悦的泪花，也是深情的泪花。

"额吉，您唱首歌吧。"张宇航打开手机录音功能，轻声恳求着。都贵玛老人没有推辞，轻声哼唱起来：

> 鸿雁天空上
> 对对排成行
> 江水长，秋草黄
> 草原上琴声忧伤
> 鸿雁向南方
> 飞过芦苇荡
> 天苍茫，雁何往
> 心中是北方家乡
> …………

因为还要赶往锡林郭勒盟苏尼特右旗去看望资助的孩子们，张宇航一行依依不舍地离开了。

"鸿雁总有向北飞的时候，有时间就回家来吧。"

都贵玛老人的话和《鸿雁》的旋律一直萦绕在张宇航的脑海。

他频频回首，随着车越走越远，都贵玛老人站在草地上的身影越来越小……

每每回忆这一幕，张宇航总是抑制不住激动的心情。和额吉相拥的一刻，他竟莫名涌上一阵心疼。这瘦小的身体，曾肩负起28名孤儿的抚养责任，该是怎样的辛劳和精心，28名孤儿都健健康康地被牧民领养。他听说，额吉后来抚养了两个当地的孤儿和两位失去生活能力的老人，还义务做妇产科医生，安心地守着牧场，甘心做一个牧民。他真不知道这瘦小的身躯是怎样藏下那么宽广无私的爱。

二

"额吉，喂您喝点水吧。"

"额吉，您快醒来吧。"

遥远的呼唤在脑海中回荡着，那声音忽远忽近。

是谁的声音？好像是扎拉嘎木吉，不，好像是小豆丁，还有宝德，又好像是查干朝鲁……

头炸裂了似的疼着，都贵玛老人努力地想睁开双眼，可是感觉好像有什么东西压在眼睛上，睁得特别艰难。

"额吉，您醒了！"查干朝鲁喜极而泣。

旁边的人都围了过来。

"阿拉坦，阿拉坦……怎么样？"都贵玛老人虚弱地问。

"额吉，您说什么？"查干朝鲁问。

"阿拉坦……阿拉坦……"

查干朝鲁一下子没明白，疑惑地看着屋子里的人。

站在一旁的一位妇联干部突然明白过来：都贵玛老人是在问同她一起坐车的旗妇联主任阿拉坦。当时是阿拉坦去脑木更接都贵玛老人到呼和浩特参加自治区"十杰母亲"颁奖晚会的，但刚刚下过雨的路面湿滑，出了车祸。她万万没想到，都贵玛老人醒来第一个想到的不是自己，而是阿拉坦。

她马上回答："没事，阿拉坦挺好的。额吉，您放心吧！"

扎拉嘎木吉和阿毛凑到近前看着都贵玛老人，像孩子似的流着眼泪："额吉，您都吓死我们了。"

都贵玛老人无力地抬起左手轻轻地摇了一下，示意他们别哭。

"额吉，张宇航哥哥打电话找不到您，着急的。昨晚联系上了，今天嫂子就给转过来钱了。他让我告诉您治病别担心钱的事，公家出的不用自己负责，个人的花费，他来想办法。"

"别添麻烦，他也不容易。"

马上要安排转院，旗委的干部们都去忙了，扎拉嘎木吉他们也被医护人员劝离了医院。

病房里瞬间安静了下来。

脊柱受了严重的伤，都贵玛老人一动不动地躺在病床上，甚至连转头都做不到。她望着白白的天花板，白炽灯管亮着，在天花板上留下了一道影子。她长长地出了一口气，却引起了胸口的疼痛。她大气不敢出，尽量保持着均匀的呼吸。

她想，张宇航打不通电话一定很着急。说起来，他和自己也仅仅是一面之缘，但是不知道为什么，就是那么投缘。当年仅凭一张照片，她就感到这个戴着眼镜的斯文的年轻人特别亲切。

人和人的缘分就是这么奇妙。虽然远隔千里，但彼此的惦念一直都没断过。

那次在脑木更苏木乌兰席热嘎查的家里见面，她与张宇航夫妇一点儿也没有生疏的感觉。

"你就是我第29个汉族儿子"这句话，她是发自内心的。她看重张宇航，不是因为他崇敬自己，而是他资助很多内蒙古的孩子上学。

有人说，爱自己的孩子是人，爱别人的孩子是神。这句话有人因为她带过28个上海娃娃而给她用过，她觉得这句话放在张宇航身上更贴切。28个孩子来到内蒙古草原的时候，她抚养了他们一段时间，那是组织上的动员和选拔，她才有机缘去为"国家的孩子"出一分力。而今，张宇航资助全国各地的贫困学生上学读书，这是自发的、源自内心的善良。

都贵玛老人为有这样一个"儿子"而骄傲。

第一次见面后，张宇航了解了脑木更的偏远，连手机信号都非常微弱，但他还是给她买了一部手机，方便母子间联系。

这部手机就挂在她家南墙上，因为那是家里信号最好的地方。每次接打电话，都贵玛老人都要站在小板凳上才能够得着。信号不稳定的时候，她还要走出去很远找有信号的地方。逢年过节，她都会给广州的"儿子"打电话，问一问家人好不好，孩子好不好，身体好不好，都得到了满意的回答，都贵玛老人就心满意足地回味着通话时的每一句话，想象着他们都好好地过着自己的日子，然后开心地笑起来。

2005年，都贵玛老人的眼睛出了问题，张宇航知道后特别着急，想安排她到广州来，一是去看看祖国的南方，二是想给老人做一个全面的身体检查。

起初，都贵玛老人说什么也不去。她怕给张宇航添麻烦。张宇航耐心地劝了又劝。"你让儿子尽点心。儿子接额吉来家里住几天，做个身体检查没有什么麻烦不麻烦的。"他说，"我们广东爱心团队的人都知道内蒙古接收南方孤儿的故事，也知道您，大家都盼着您来。在您的感召下，会有越来越多的人加入爱心团队。"

这句话打动了她，那是她第一次去南方。

在广州，都贵玛受到广东爱心团队的热烈欢迎，所到之处，都是敬仰的目光和深切的情谊。

都贵玛在医院做了全面的身体检查。检查结果出来后，都贵玛除了眼睛患有老年性白内障之外，其他各项指标都正常。张宇航特别高兴，要安排老人住院治疗眼疾，但是都贵玛拒绝了。

"这是每一个老年人都会有的毛病，不是什么大毛病，就别在这里住院手术了。"

"额吉，这里的医疗条件相比内蒙古要好一些，您还是在这里治好了再回去吧。"

"我知道你为我好，这个不是大毛病，哪里都能治。"

"可是，在这里治，我不是更放心嘛。"

"好了，听额吉的。"都贵玛按了按张宇航的手臂，说："孩子，额吉有一个愿望。"

"额吉，您说。"

"我……想看看大海，你看方便不方便？"

"额吉，我马上安排。"

张宇航夫妇因为工作关系抽不开身，就委托他的学生李敏红夫妇开车陪着都贵玛去看海。

李敏红是广东爱心团队的一员，资助着多名内蒙古孩子，也到乌兰花镇看望过都贵玛。听老师说让她陪都贵玛老人，她特别高兴。张宇航怕额吉走路太累，还特别租了一辆轮椅。

李敏红推着都贵玛来到深圳的海边。

一望无际的蓝色海洋就在眼前，都贵玛激动不已。

一排排浪花涌上来，又轻轻退去，再轻轻扑来，又轻轻退去……

都贵玛看着出神，不禁放下双脚。李敏红看她要下轮椅，忙走上前想扶她，她轻轻地摇着手示意不用搀扶。

都贵玛站在沙滩上，体会着海水冲刷着双脚。这起起伏伏的水，多像草原上夏天黄昏的风，轻轻地绕在脚踝，亲近着，又跑远，藏在草丛中，一会儿又跑过来绕着你。

多少年来，大海，只是停留在书本上的字符。此刻，梦中的大海就在眼前，她好像有很多话要说，却不知道该说些什么。她迈开脚步，慢慢地走在沙滩上，面对着大海，轻轻地唱起了歌。

> 请珍惜那清澈的蓝天
> 总会被缭绕的雾气遮掩
> 请怜爱你年高的父母
> 终会消失在岁月的长河中
> 请珍惜那皎洁的银月
> 总会收起它散发的光亮
>
> 请安抚和劝慰那悲伤的心
> 请擦拭和怜爱那落泪的眼睛
> 人生在世只有一次
> 请拥抱生活，珍爱这个世界

在歌声中，都贵玛缓缓地摆动着手臂，像是随着歌声打着节拍，她的动作越来越多，幅度也越来越大。

查干朝鲁呆呆地看着母亲，惊奇地说："额吉在跳舞！多少年没见额吉跳舞了……额吉今天太高兴了！"

"来，我们去和额吉一起跳。"查干朝鲁也跑过去，挥动着手臂，和母亲一起舞动起来。

李敏红激动地走到都贵玛身边，也随着歌声一起舞动着双臂。她一边随着歌声舞动，一边端详着都贵玛，此刻的都贵玛仿佛年轻了，那歌声、舞蹈都非常投入、忘我。

> 蓝蓝的天上白云飘

白云下面马儿跑

挥动鞭儿响四方

百鸟儿齐飞翔

要是有人来问我

这是什么地方

我就骄傲地告诉他

这是我们的家乡

一首又一首歌唱出来，好像唱给辽阔的海洋，也好像唱给几千里之外的草原。海滩上留下了她舞蹈的足迹，也留下了那些从心底流淌的歌声，更留下了她犹如少女般纯真的眼神和笑容。

那天的情形，久久地留在了在场的每个人的心里。每个人好像都有一首心里的歌要唱出来，而且内心的情感非要用歌声表达才更恰当、妥帖。

回程的车上，李敏红对看着窗外的都贵玛老人说："额吉，您累了就闭上眼睛歇歇。"

"不累。"都贵玛说，"真是麻烦你们了，今天我终于看到大海了。"

"不要客气，额吉，不麻烦，我很愿意陪您。宇航老师还说，不知道您这么想看大海，不然早就安排了，他也能陪着您一起来。"

"我就是想看看海到底是什么样子。扎拉嘎木吉，就是那些上海娃娃，他们都是从有海的地方来的，阿毛小时候总说，他家在海边。"都贵玛望着窗外说，"他们要是哪天能回出生的地方看看，也看看大海就好了。"

回来后，李敏红把这次带都贵玛老人去看海的情况详细地和张宇航说了。他想象着当时的情形，感动着额吉心里的惦念。多少年了，她的心里始终装着那些孩子。他想，都贵玛额吉就是这样一个心里总是装着别人的人。

三

自从得知都贵玛老人住进内蒙古医科大学第二附属医院，张宇航一有空就给她打电话，问手术安排、手术效果，也问饮食和康复训练等情况。

手术很顺利，查干朝鲁大致讲了手术的经过。一想到4颗钉子钉到头上，还要把颈椎凹进去的地方拉直，就让他心疼不已。额吉的坚强，额吉的隐忍，额吉为人着想的品性，更让他敬佩不已。

在手术前，医生问都贵玛是用进口材料还是用国产的，她毫不犹豫地选择了国产材料。

她说，已经花了国家太多钱，国产材料一样好，省下钱资助贫困学生吧。

手术后还有康复阶段，可是都贵玛坚决要求出院回家。都贵玛先回到四子王旗医院休养了一阵，后来的康复训练基本都是在家完成的。得知这一情况，张宇航没有感到意外。他想：不这样就不是都贵玛额吉了。额吉是要强的人，这么多人每天围绕着她，照顾着她，又有不小的花费，她怎么会安心在医院里一直住着呢？康复是一段相对漫长的过程，她一定会选择回到牧区，在她最熟悉也是最远离"热闹"的地方，慢慢恢复。

回到脑木更后，都贵玛每天按照医生的嘱咐进行康复锻炼。只能说是锻炼，因为没有专业指导，动作都很难做到规范。但是，想站起来、好起来，想像以前一样骑马、放羊的念头支撑着都贵玛。她先是在查干朝鲁的帮助下，一点一点地支撑着自己坐起来。为了练习手的活动能力，就抠煮过的玉米。半年后能下地了，她就慢慢扶着桌子、柜子练习站立和迈步，每天都累得满头大汗。查干朝鲁心疼额吉，劝她别着急，她说："人一定要活动，不动不行，不动就真的站不起来了。"

2007年初夏，张宇航接到内蒙古自治区党委宣传部的电话，通知他已被评选为首届"感动内蒙古人物"之一，邀请他来参加颁奖典礼。

得知这个好消息，他的第一个念头是：又可以回到内蒙古了，又可以见到额吉，见到他资助的孩子们了。

虽然近几年他一有时间就到内蒙古来，但是一个人回家回多少次都不会觉得多啊。

此刻，那首《回家吧》脱口而出：

回家吧

回家吧

老家有座蒙古包

回家吧

回家吧

心中有座洁白的蒙古包

妈妈熬的奶茶

永远热在我心上

妈妈缝的蒙古袍

永远穿在我身上

我回到家乡

妈妈搂着我肩膀

…………

唱到这一句，他突然停了下来。最后一句"天边大雁成一行/醒来才知是梦一场"，他省略了。一个马上要回家的人，是不需要感慨相逢是"梦一场"的。

来到呼和浩特，张宇航第一时间就知道了都贵玛老人也是"感动内蒙古人物"之一。他本来打算活动结束就去脑木更看望额吉。

颁奖典礼的当天，所有参加颁奖典礼的人员都要彩排。张宇航早早来到现场，从众多的人中寻找着额吉的身影。

都贵玛坐着轮椅出现的时候，张宇航的第一个感觉是额吉瘦了。她本来瘦小，坐在轮椅上，越发显得单薄。

母子相见有说不完的话，让在场的人都分外感动和羡慕。

都贵玛老人见到张宇航，开心得几次想从轮椅上站起来、走上几步，让"儿子"看她恢复的情况。张宇航知道她凭着毅力已经康复得差不多了，可是看到她左侧的手臂不能活动自如，左腿也有明显的僵直的感觉，感到很心疼。他更知道，若非额吉，怕是也未必能不到一年就恢复到这个程度。

"额吉，您受苦了。看到您恢复得不错，我真高兴！"

"生活能自理，不拖累别人，什么苦都不算苦。没事的，别担心。"

"额吉，您为什么总是这么好啊，还安慰起我了。"张宇航笑了，握着额吉那只受伤的手，对身边的朋友说，"你们看，不知道的，还以为受伤的是我呢。"

张宇航还有一重开心，就是在颁奖活动中见到了1997年就熟识的"草原英雄小姐妹"龙梅、玉荣。他曾在《天上的风——写给龙梅》中写道：

> 对那个曾令许许多多少年儿童和成年人感动的，小姐妹与暴风雪搏斗保护公社羊群的故事，你认为实在是很普通很平凡。"在牧区，为救羊而冻死的人可多了，我们命好，被救了回来。"

　　我想，有些事，越是看起来平凡，越能反映出高尚和纯真，如果刻意去追求伟大和完美，反而显得苍白、虚伪。11岁的你和8岁的玉荣，在暴风雪突然来临的时候，就算是吓得扔下羊群哭着跑回家，也在情理之中。可你和玉荣却是那样的自觉和坚强，为了保护集体的财产，你们奉献出包括超越生命极限的一切。这便是高尚和纯真。我坚信，这种为祖国、为大众、为集体而奉献的精神，永远是我们这个社会所必需的。

　　在你面前，我有一种对人生进行洗濯和升华的感觉。你这位来自草原的坚强的女性，使我更加了解内蒙古人民像草原一样辽阔的胸怀，像天上的风一样豪放的性格。

龙梅、玉荣、都贵玛，都是张宇航内心爱戴、敬佩的人，她们也是引领他生命的列车通往内蒙古草原的一盏盏明亮的灯。

　　7月21日晚，内蒙古首届"感动内蒙古人物"颁奖盛典在内蒙古电视台演播大厅隆重举行。因为是首届，评选的时间跨度从1947年至2006年。

　　领奖台上的22位"感动内蒙古人物"中，张宇航是唯一一位外省人。

　　此刻，张宇航的心平静如水，他从来没有当自己是外省人。在台上的领奖人中，有他的都贵玛额吉、他的姐姐龙梅和妹妹玉荣，在杜尔伯特草原深处有他的蒙古包，在牧区有他资助的孩子们，现在他站在这里，仿佛一滴水融入内蒙古大地九曲回环的河流。

　　8月8日下午，都贵玛和其他"感动内蒙古人物"受邀参加内蒙古自治区成立60周年庆典活动。张宇航因为有公务在身没能参加庆典。

　　下午3时，庆典开始了。热烈的场面让都贵玛感慨万千。

　　60年的发展变化，都贵玛都是看在眼里的：那条穿越茫茫草原的神舟路，让杜尔伯特草原的牧民出行不再难；每家每户都有自己的畜群，日子也越来越好过了……她想，若不是自己身体不便，她也想随着载歌载舞的人群欢舞起来。

都贵玛乘着一辆勒勒车从会场的一角缓缓驶出，"国家的孩子"的代表穿着民族盛装，手捧着哈达、银碗，向草原上第一位接纳他们的都贵玛额吉以及以都贵玛额吉代表的草原母亲献上崇高的敬意。在"国家的孩子"的搀扶下，都贵玛走向广阔的草原……

虽然只是短短几分钟的情景再现，但都贵玛有些"入戏"了。她仿佛回到了年轻的时候，在那辆勒勒车上，从几十年前穿越而来，走到今天。那些孩子已经是满脸沧桑，看着他们拥向她，她的泪水瞬间流下来。

她不知道为什么流泪，是高兴、感慨、激动，还是用泪水冲刷几十年惦念中的煎熬之苦？都不是，她说，她的内心感到说不出的安慰和感动：这些"国家的孩子"，无论是在城镇，还是在农村牧区，都过着丰衣足食的生活。他们受恩于这片土地，几十年来，也以自己的辛劳回报着这片土地，回报着养育自己的父母亲。他们还默默地资助着失学儿童，尤其是相互认亲之后，他们互相帮助，相亲相爱，情同手足……这些都是她特别愿意看到的。

这是喜悦的泪水，更是骄傲的泪水。

四

2009年除夕夜，人们沉浸在辞旧迎新的氛围中。

张宇航正想给都贵玛老人打电话时，手机里响起额吉清唱的那首《鸿雁》。从脑木更回来后，他就把额吉唱的歌设置成来电铃声，以便一听到铃声就知道是额吉的电话。

"你好啊，孩子。"

都贵玛额吉的声音从听筒中传来。

他的脑海中马上浮现出额吉站在小板凳上，凑着高高悬挂在墙上的手机通话的样子。因为家里只有那个位置信号最强，通话清晰。

"额吉，您身体好吧？"

"好，好，你和媳妇都好吧？娃娃也好吧？"

"都好，额吉，我正要给您打电话，您的电话就来了，看来咱们母子心有灵犀呀。"

"我没有别的事，就是想告诉你两个事。"

"好，额吉，您慢慢说。"

"我搬到乌兰花镇了，旗政府给了我一套廉租房，让我来乌兰花镇养老。你回来，在乌兰花镇也有家了。"

"那可太好了！额吉，搬到旗政府所在地，生活和就医都方便了。"

"是啊，是啊。党和政府一直没忘了我，一直都这么关心我。现在住在楼房里，生活方便多了。"

"额吉，您应该在镇里安享晚年。您是为社会做了贡献的人，是了不起的人。"

"可不能这么说，我就是一个牧民，没有党和国家，哪有那么大的草场、牛羊，还有那么多孩子，过了这么多年的好生活。还有一件事啊，就是不太好的事了。"

张宇航心里有些紧张："您说。"

"你的朋友送给我的那只小藏獒，死了。唉，我不在家的时候，它跟着旅游的车跑，结果给撞伤了，抢救了也没活下来。你说心疼不心疼。外孙子说，那狗可贵呢。"

张宇航一听是藏獒没了，虽然感到可惜，但马上安慰道："额吉，您别为小藏獒上火了，这是谁都不愿意发生的。只是额吉再回牧区，又没有给您看门护羊的了。"

　　第一次从脑木更回来，张宇航就觉得都贵玛老人在牧区的生活太孤单了，一望无际的牧场，没有狗不行。他就想，应该有一只既忠诚又勇敢的狗陪着额吉。一次偶然的机会，他在北京和中国工作犬管理协会藏獒专业委员会委员韩越相遇，讲了都贵玛老人的故事，问他能不能给老人送一只藏獒。韩越当即表示一定要去看望这位令人尊敬的老人，爽快地说："我不是送一只，我要送一对。"

　　韩越一行驾车来到四子王旗脑木更苏木乌兰席热嘎查都贵玛老人的家，带来了两只藏獒，一只3个月大，一只6个月大，并且耐心地告诉都贵玛老人饲养方法和注意事项。

　　都贵玛老人对这两只小藏獒喜欢得不得了。没想到的是，那只小点儿的藏獒病死了，另一只也没能留住。

　　"额吉，您搬到新家还有什么想添置的，我给您办。"张宇航怕额吉为藏獒伤感，于是转移话题。

　　"都有了。查干朝鲁，还有阿毛他们都帮着置办了。"

　　"额吉，您一定要保重身体。等内蒙古春暖花开了，我去看您。"

　　就在这一年，张宇航组建的广东草原爱心团队投资50万，为希望小学建了电教楼。都贵玛老人捐了5000元，她坚持要和"儿子"一起为孩子们做一些事。

　　捐款之前，张宇航试图阻止她，说："您所有的收入都是放牧收入，生活也不富裕。我捐就等于您捐了。"

　　都贵玛说："那不一样。这也是我应该出的一分力。"

　　张宇航知道额吉已经不是第一次捐款了，"非典"期间、汶川地震，还有每年的六一儿童节，她都会表达心意。查干朝鲁妹妹和他说，额吉攒下一点钱，就会资助贫困学生。额吉经常说："广东那么远，你哥哥还来资助咱们这里的孩子，咱们自己也应该帮自己的孩子，能帮一个是一个。"查干朝鲁说："额吉的钱只有给大家花，心里才高兴。"

　　张宇航在广东逢人便讲都贵玛额吉的故事，讲内蒙古人民像泥土一样朴实，他们的心比天空还高远，比草原还辽阔，能容纳风雨雷电、悲欢荣辱，尊重每一个生命，对每一个孩子都献出全部的爱。

他说："你们看都贵玛额吉，总是那么淡定、谦逊而低调。她一再说她没有什么伟大的，她就是一个牧民，只是做了应该做的。额吉才真正是平凡中见伟大的典型。在内蒙古大地上有无数这样的母亲。"这些话发自内心，真诚而炽热，感染着他周围的爱心人士。

由此，张宇航也把草原上所有被资助的贫困孩子都当成自己的孩子，像爱自己的孩子一样爱着他们。

张宇航发起的草原爱心助学行动，从1996年资助的第一个草原孩子开始，至今已经有25个年头。从最初的一家人资助一个孩子，到现在带动一千多人的广东爱心团队资助4000多名孩子，这股凝聚爱心的涓涓细流，已经汇聚成爱的大潮。

张宇航说，参加这个爱心团队的人不乏企业家，有时一个企业家一次就帮助几百个孩子。但是企业家并不多，大多数还是工薪阶层人士，从工资中挤出一部分来帮助孩子们，这不是钱的问题，而是一份爱心。

张宇航特别提到，在参与草原爱心助学行动的人中，职务最高的是广东省委原书记吴南生。2006年，他与老伴儿共同获得了中央颁发给他们的抗日老战士的奖金，他们当即捐给赤峰市的相关部门，表示要帮助10个贫困学生完成学业。张宇航说："老两口省吃俭用为受助学生邮寄学费。吴南生书记如今已经不在了，去世前还一直坚持汇款给赤峰助学。"参与草原爱心助学行动的人中，年龄最小的是一位10岁的孩子，他每年坚持用自己的压岁钱资助着远在内蒙古的一位姐姐……

在张宇航的家中，珍藏着200多条蒙古族父老乡亲送给他的哈达，还有2000多封草原孩子的来信。张宇航说，那都是他"收获的善良"。

张宇航说："内蒙古人民感动了我和众多热心的广东人，是草原英雄小姐妹的动人事迹感动了我们，是德德玛老师那夜莺般的歌声感动了我们，是以都贵玛额吉为代表的草原母亲养育了3000名孤儿的事迹感动了我们，促使我们为草原孩子尽一分力。我们希望用爱心在广东和内蒙古之间架起一座彩虹桥，传递人们的善良和温暖。起初，我们的目标是：像内蒙古抚育3000名孤儿一样，帮助3000名草原孩子。现在已经达到并且超越了这个目标，接下来我们会继续努力，帮助更多的孩子。"

> 我有两个故乡，都是天堂
> 一个在草原，一个在珠江
> 珠江水真甜，哺育我成长
> 一江纳百川，教我护善良
>
> 我有两个故乡，美丽的天堂
> 一个在珠江，一个在草原
> 草原多宽广，赋予我力量
> 小草盼雨露，欣然沐春光
>
> 啊，两个故乡都是故乡
> 父亲是草原，母亲是珠江
> 两个故乡情深谊长
> …………

这是由张宇航作词的一首歌《两个故乡》，在广东爱心团队中传唱。

采访张宇航时，他一再说："不要写我，要写额吉，没有她的精神的感召，也不会有这么多爱心人士凝聚。我们只希望踏踏实实地为草原上的孩子做一点点事，像额吉那样把善良之花根植在心里，并用一生去坚守。"

如今，张宇航已经从工作岗位上退休了，他的爱心事业还在继续。他不但走过了内蒙古自治区的各盟市和旗县，还在中国其他偏远地区留下了他和广东爱心团队的足迹。他们资助过的学生中有汉族、达斡尔族、回族、哈萨克族、维吾尔族、裕固族和瑶族等，连缀起来，就是一幅民族团结的画卷。

在截稿时，张宇航刚刚在内蒙古探望了他资助的孩子们。他仿佛南来北往的大雁，自然而然地在内蒙古和广东之间飞来飞去。虽不见天空留下翅影，却在内蒙古大地上留下了爱的印迹。

第九章

一束暖光

1965年出生的查干朝鲁，个子不高，牧区的风吹日晒给她留下了明显的岁月痕迹。她的面容沉静，大大的眼睛很灵动，笑起来孩子一般无邪。

自从额吉住到乌兰花镇，查干朝鲁好像比以前更忙了。这不是牧区干活儿那种忙，而是隔三岔五就有人来。哥哥姐姐们要来，还有慕名来访的、媒体采访的、额吉的"兵儿子"们以及小区的邻居们……在额吉一遍又一遍的回忆中，她也开始喜欢回忆了。

她很难像媒体一样把"伟大"放在额吉身上，如果让她形容，她觉得额吉是一束温暖的阳光，照到很多人的身上，温暖很多人的心。

一

清晨，查干朝鲁从梦中醒来。她蹑手蹑脚地走到额吉的房间门口，探了探头，想看看额吉醒没醒。

"你起这么早干什么？今天孙女不上学，你就多睡一会儿。"

都贵玛起身对女儿说。

查干朝鲁笑了，快步走进来，说："我以为额吉还睡着呢。你昨天太累了，咋没多睡一会儿？"

"人老了，不瞌睡。今天边防派出所的那些孩子不是要来嘛。"

"那也不着急，他们10点多才过来呢。"

查干朝鲁知道额吉的习惯，心里有事，觉就更少了。

查干朝鲁给额吉准备早餐。额吉的早餐就是老几样：奶茶、肉干、馃子、奶豆腐或者奶酪，偶尔加一点儿焙子或其他什么。他们虽然住在城里，但还沿袭着牧区的生活习惯，每天只吃两顿饭。现在孙女来乌兰花镇上学了，查干朝鲁也要为她做饭。

额吉吃完早餐，开始擦拭她那间"荣誉室"，这是她每天必做的活计。

"荣誉室"是这套房子中相对小的一间，用来摆放都贵玛的荣誉证书，还有出席各种会议的合影、照片。起初只是想摆放在屋子里，方便查找，剩下的空间还能放点别的物件。没想到都摆出来后，屋子就占满了。后来，这间屋子就干脆什么都不放了。

查干朝鲁跟在额吉身后，看着她慢慢地小心地擦拭着奖杯、奖牌，擦拭的时候，把每一个荣誉都端详一下。一屋子的荣誉，每一个都是一段回忆。她想，额吉珍视着每一个荣誉，就像珍视着那些过往，这也是额吉这些年的精神寄托。

人的一生，说短也就几十年；说长，那每一天、每一个小时、每一分钟的滋味连缀起来，就像希拉穆仁河一样蜿蜒、绵长。

查干朝鲁陪着额吉走了50多年，即便有一些她未能亲历的往事，也都在额吉无数次的讲述中烂熟于心。

从记事时起，她就有两个不住在家里的哥哥——扎拉嘎木吉和阿毛。他们隔三岔五来家里，天晚了就住下，家里的活儿也是顺手就干。她小的时候，畜群都是集体的，一年才分一两次羊肉，额吉存放好了，哥哥们每次来都会吃到肉。

额吉说："小伙子都是长力气的时候，吃了肉才有劲干活儿。"

查干朝鲁还小，嘟个小嘴说："女孩子也需要吃肉长力气，我也帮额吉干活儿啊。"

"当然了，我的女儿也要长得壮壮的。"

额吉笑着给她夹一块肉，自己却舍不得吃。

"额吉，你为什么不吃呢？"

"额吉爱吃面片，麦子的味道香香的。"

查干朝鲁总会去面碗里使劲儿闻一闻。她没有闻到香香的麦子味，觉得还是肉的味道香。

"从小，额吉就偏心他们。"有时候她小声嘟囔。

额吉听到就摸摸她的头，说："我的女儿最懂事了。哥哥们也不是天天来，那些漂亮的香甜的水果糖不都给你了吗？男孩子爱吃肉，女孩子爱吃糖。"

想到那些花花绿绿的透明的糖纸包裹着的水果糖，查干朝鲁的心情一下子好起来。额吉每次给她和哥哥们分糖块，总要多给她两块，哥哥们也总会剥开一块放到嘴里，剩下的就又给了她。

每次想起小时候的事，她都会笑起来。小时候多好，不管是什么样的不开心，一阵风吹过去就散了。从小到大，她的家里不光有扎拉嘎木吉、阿毛，还有额吉领回来的孟和吉雅和朝格德力格尔两个弟弟，她习惯了这样热热闹闹的大家庭，从来没觉得自己是独生女儿。

"额吉做的事都是好事，听额吉的。"这是查干朝鲁几十年中最爱说的一句话。她对父亲说过，对丈夫说过，也对孩子说过。

有时候，她和额吉开玩笑，说："额吉，你就是我们大家的'银行'"。

这个"银行"说的既是额吉在家里管钱，也说她是散钱的。他们家的钱，从来不只自己家人花。

家里的全部收入来自放牧，他们一直省吃俭用，但是对邻居、亲戚都很大方，谁家有事，额吉不是送钱就是送吃的。遇到灾年，她把自己家的羊也借给受灾的人家，等生了小羊再把大羊领回来，小羊就留给人家了。

查干朝鲁记得很多年前，特木勒爷爷病了，额吉一直帮他看病，不仅掏腰包给他买药，去旗里住院的时候，还把家里仅有的300元钱拿出来，跟着去旗医院找斯日吉玛大夫帮助他们办理住院。

那个时候，她还在上中学。她知道额吉攒了些钱，多次央求额吉买辆自行车，一是方便上学，二是谁家要是有一辆自行车，那是很拉风的。可是，额吉一直没答应，却给特木勒爷爷看病用了。

额吉见她不高兴，耐心地说："咱们牧区要自行车有什么用呢？有马不是比自行车更好吗？这点钱能帮特木勒爷爷看病，看好了，每天乐和的，还能给孩子们讲故事，多好。人命总是比别的重要。"

20世纪90年代，80多岁的姑奶奶老两口瘫痪在床，又是额吉将老两口接到家里照顾。查干朝鲁的心里不是没有疑问：他们又不是没有儿女，为什么要接来自己家照顾？但她没有问额吉。她知道，额吉面对这样的事是不会袖手旁观的，别说是亲戚，就是邻居，额吉也一定会帮忙照顾。就这样，姑奶奶老两口在家里生活了3年，额吉为他们送了终。

这样的事，这么多年已经太多，她都习惯了，也慢慢理解了额吉。额吉就是对谁都好，看不得人受苦，她要是能帮人的时候没有帮，就会内疚和后悔。额吉不愿意活在内疚和后悔中，在她小时候就总告诉她：宁叫自己受委屈，不叫别人遭伤心。额吉说："内疚和后悔，是世界上最不好受的滋味。"

查干朝鲁和额吉搬到乌兰花镇后，朝格德力格尔在放羊时把腿摔断了。额吉听到消息后急得不行，告诉阿毛找辆车去把朝格德力格尔接过来看医生，她怕不赶紧治会落下毛病。不想，阿毛联系的车临时出了故障，得第二天才能出车。额吉等不了，自己打了一辆出租车就去把朝格德力格尔接了过来。旗医院说已经骨折了，这里做不了这个手术。额吉又租车把朝格德力格尔送到了呼和浩特，住进了内蒙古医科大学第二附属医院。朝格德力格尔是单身，无儿无女，日子过得也窘迫，住院的花销包括陪护的费用都是额吉出的。

"那一次几乎花光了家底，可是额吉却高兴地说，保住了朝格德力格尔的一条腿，以后过日子不受制了。"查干朝鲁说起额吉，语气里总是流露着敬意，"在额吉身边生活的时间长了，都会受到她的感染。扎拉嘎木吉、阿毛他们真像是我们家的亲儿子，那性格，还有那个热心劲儿比我还像额吉。"

查干朝鲁一想起扎拉嘎木吉和阿毛就喜笑颜开。两个哥哥经常相跟着来，晚上住在家里。早晨醒来，两个几十岁的人了，谁醒得早一定去扰另一个，揪耳朵、往鼻孔里放纸捻、扒眼皮……互相打闹着，嬉笑着。她经常会笑话他们："这么大的人了，咋跟小孩似的？"

"那样的早晨，总是暖乎乎的。"查干朝鲁这么形容和哥哥们相处的时光。

可惜的是，阿毛前两年因病去世了。这成了额吉内心一直无法愈合的伤痛，不能触碰。

不管是谁来看望额吉，查干朝鲁都会提醒大家，尽量不要提起阿毛。

伤心是最伤身的，她知道额吉的心有多疼，她不愿意让人们一次又一次揭开这个伤口。

二

边防派出所6位民警的到来，让安静的家里热闹起来。

这是4月的上午，都贵玛家的客厅里洒满了阳光。

白内障越来越严重的都贵玛，虽然看不清年轻人的样子，但仍坚持站在门口迎接他们，与他们一一握手。

额日定木图是战友们的"翻译"，他认识都贵玛老人的时间早一些。额日定木图的家就在四子王旗，在少年时代，他就听长辈们讲起3000孤儿的故事，早早地知道了都贵玛。

几位年轻的民警对都贵玛也不陌生。他们当中的很多人在刚到边防派出所时都听过都贵玛老人讲述28名南方孤儿的故事，他们也是从这位老人的身上认识了这片草原的博大与深情。

查干朝鲁忙着烧茶，并给客人一一斟满，又把水果、奶食品都摆放好，热情地招待他们。

都贵玛老人正在给他们翻看着相册，并指着照片上的人做介绍："这个照片是参加旗里人民代表大会拍的……还有这个，就是那年去你们边防派出所和孩子们照的，他们都还在那里吗？"

"在呢，额吉。他们都特别惦记您。"

"守边防，不容易。那里偏远，条件简陋，孩子们不能经常回家，见不上家人，心里挺苦的。不过我看他们行呢，都很坚强、乐观。"

"是，您那些年没少给他们鼓劲儿。"

…………

查干朝鲁坐在餐桌前听他们聊天，民警们送来的一捧鲜花，散发出一股清香。

他们说的人和事，她都知道。额吉每年都去脑木更边防派出所看那里的民警，他们亲切地叫她"额吉"，也称她为"编外教导员"。

在地广人稀、交通不便的杜尔伯特草原深处，牧民群众和边防派出所民警结下了深厚情谊。都贵玛额吉和民警们的感情更为特殊。

每年去看望"兵儿子"成了她的生活内容之一，而每年的三八国际劳动妇女节、中秋节、春节等重要节日，边防派出所的民警们也会来看望她。他们说，时间长了不听听都贵玛额吉讲讲国家形势、政策，不给他们上上爱国主义课，总觉得缺少点什么。在他们的心目中，都贵玛额吉的话虽不多，但是句句都能说到人的心坎上。不仅是他们爱听额吉讲故事，就连周围牧民的家庭矛盾、邻里纠纷，都宁愿跑上几十公里，请都贵玛额吉去说和，而这些牧民往往是面红耳赤而来，握手言和而归。

民警们说："额吉，您帮我们化解了不少矛盾，为这片土地的和谐平安做了贡献。"

"我就是做点力所能及的事，谈不上贡献。"

"有些事，您老出面比我们更有说服力，更有威望，也更温情。"

都贵玛搬到旗政府所在地乌兰花镇后，离边防派出所远了近200公里，她年纪大了，身体受不了长途奔波。民警们特别遗憾，尤其是新到边境的民警，听说有这样一位老人常来给他们讲党课，关心他们的生活、工作，也都盼着见她呢。都贵玛听说了，就和边境管理大队的领导说："我虽然不方便去边防派出所了，但我可以在孩子们刚来或要离开的时候，和孩子们见见面，聊聊天。"于是，每年都贵玛都会去讲讲党课。

2010年夏初，都贵玛回脑木更住了一段时间。没想到脑木更下了大暴雨，乌兰席热一带遭了水灾。

查干朝鲁急得不知道该怎么办，去找阿毛哥哥商量。

阿毛赶紧找车和她一起去脑木更。去脑木更的路上到处都是水，有的人家里也进了水，他们无法想象家里的情形，越发心急火燎。

着急的不仅仅是他们，还有边防派出所的民警。他们赶来帮助群众解难，刚到嘎查附近就看见嘎查干部们匆匆出来。

"你们要去哪里？我们能帮上什么忙？"

"受灾的人家不少，我们已经安置了几户。现在我们去都贵玛额吉家，不知道她家怎么样。"

"额吉回来了？"民警们的心都提起来了。

"回来几天了，没想到赶上了发水。"

大家二话不说赶紧分工，一队人去其他人家看受灾情况，另一队人往都贵玛家赶去。

扎拉嘎木吉安顿了自家的畜群，已经先一步赶到都贵玛额吉家。她家的水齐腰深，他赶紧把额吉背到农用三轮车上。这时，民警和嘎查干部也赶到了，谁也顾不上客套，赶紧帮忙救灾，并把额吉转移到安全的地方。等查干朝鲁和阿毛赶到时，大家都忙得差不多了。额吉笑着说："大水差点把我冲跑了，多亏大家伙都来了。"

查干朝鲁和阿毛接上额吉准备回乌兰花镇，额吉却让阿毛绕到嘎查。她给救灾干部放下1000元钱，说："日子过得难的人家一受灾就更可怜了，看看能帮点什么。"

干部们说："额吉，您家里的损失也不小啊。再说，你个人的钱挣得不容易，您快自己留着用吧。"

"家里的东西损失没关系，再慢慢添置，牛羊都还在就不怕。我老了，也不能跟着你们救灾了。这个就算是'特殊党费'吧。"

2019年9月，得知要去北京领奖，都贵玛却特别着急地和查干朝鲁说，想回脑木更的家。查干朝鲁有点诧异，说："也没有什么特殊的事，过几天就要去北京，您不能太劳累了。"

"我……就是想回老家看看，想家了，想那个地方的人了。"

查干朝鲁没再说什么。多少年来，查干朝鲁就是这样，额吉说什么，她基本都是顺应着。她说，额吉要做什么，肯定有她的道理。

2019年9月20日，额吉回到脑木更，到扎拉嘎木吉、钢·特木尔等乡亲们家去坐了坐，聊聊天，特别去边防派出所和"兵儿子"们见了面，还为刚分配下来的新民警们上了一堂爱国主义课。

后来，查干朝鲁在额吉的笔记本上看到她写了这样一段话：

> 知道去北京领奖的消息，想了很多，也想起了很多事。我一个在牧区生活了大半辈子的牧民，只做了一点点应该做的事，党和国家却一直记着，还给我这么多荣誉。对党和国家的恩情，我一辈子报答不完。
>
> 我想回脑木更的家了。想去看看那里的草场、牛羊都好不好，想问问乡亲们有什么想说的，想知道乡亲们还有哪些盼望。
>
> 我答应过边防派出所的孩子们，要去讲一讲中华人民共和国成立70周年的生活变化、伟大成就，答应了就得去做。快到国庆节了，他们更多地了解过去，就会带着现在的幸福心情去看国庆大阅兵，感受我们国家的伟大。

在查干朝鲁的心中，杜尔伯特草原从不缺少温情的故事，而额吉仿佛是一个热源，吸引着很多人。他们尊敬她，爱戴她，被她无私的母亲般的情怀所感动。他们渴望见到她，靠近她，从她身上汲取温暖和力量。

说起人们对都贵玛额吉的关心与崇敬，说起那些温暖的故事，查干朝鲁说：

"三天三夜也说不完。"

她特别感慨地说："我在越来越多的各级领导的关怀和社会各界的关爱中感觉到，我沾了额吉太多的光，不但有尊重，有爱心，还有无私的馈赠。

"2007年，也是这个季节。内蒙古自治区人民医院的领导以及内科、眼科的专家走了6个小时，来我家给额吉做身体检查，尤其是内科和眼科的检查。医生说，额吉车祸后身体虽然在逐渐恢复，但还是有很大的损伤。她还有高血压，右眼陈旧性角膜白斑性失明，左眼中度白内障。

"我听了医生的话，心里特别难过。额吉的眼睛受过伤，当年照顾上海娃娃的时候，为了找回一个跑出去玩的男孩，额吉被树枝划伤了右眼，导致视力受损。医生说，额吉这只眼睛的失明已经无法逆转，我太后悔没早点领额吉去看了。她总说没事没事的，唉。"她难过地看着额吉。

那天，医生的话没有影响额吉的情绪，她乐观地和医生们聊天，还兴致勃勃地说起自己做妇产科医生的时光。

临别时，医院领导代表全体职工将慰问金交给都贵玛老人，还留下一些内科及眼科的常用药，并将这些药的用法一一向查干朝鲁做交代。他们告诉都贵玛老人，从2019年起，内蒙古自治区人民医院每年给她3000元作为生活补助费；在任何时候、任何情况下，只要她到内蒙古自治区人民医院看病，医院免收医疗费。

"我都能感受到额吉的那种感动，还有不安。她只要一接受别人的一点儿好处就不安。她和我说了很多遍：内蒙古自治区人民医院这么大的医院，直接下来关心、照顾她这样一个老太太，实在让她感动。"查干朝鲁说。都贵玛额吉那天拄着拐杖，手捧着哈达，为那些"白衣天使"唱出了她心中的歌：

　　请珍惜那清澈的蓝天
　　总会被缭绕的雾气遮掩
　　请怜爱你年高的父母

　　　　终会消失在岁月的长河中
　　　　请珍惜那皎洁的银月
　　　　总会收起它散发的光亮

　　　　请安抚和劝慰那悲伤的心
　　　　请擦拭和怜爱那落泪的眼睛
　　　　人生在世只有一次
　　　　请拥抱生活，珍爱这个世界

　　一首歌唱完，汗珠从都贵玛的额头上流下来。查干朝鲁知道对于额吉来说，站那么几分钟是吃力的，她更知道，额吉一定会站着唱完这首歌，唯有如此才能表达她内心的感谢。

　　2019年11月18日，查干朝鲁搀扶着身穿盛装的都贵玛额吉走进泰和花园的新居。这处新居是内蒙古中交元坤房地产开发有限公司在四子王旗委宣传部牵线搭桥下，捐赠给都贵玛额吉的礼物。

　　这份礼物过于贵重，都贵玛额吉再三婉拒。

　　内蒙古中交元坤房地产开发有限公司董事长秦捐峰诚恳地说："您的故事让我们感动，因为这故事的背后是勇气，是信守承诺，是有情有爱。额吉，您住我们的房子是我们的荣幸。我们也是想倡导'德者有得、善有善报、好人好报'的良好社会风尚。"

　　四子王旗委宣传部部长段雅丽说起都贵玛额吉时特别动情："额吉这么多年的善行感动了太多的人，每每收到人们的敬意、爱心，她都会念叨很长时间，从来不觉得是自己应得的，而是感念社会主义大家庭的温暖。她总是说，我做得还不够，却得到这么多关心。她真的是不知道自己有多好，不知道她身上的光能照亮、温暖、激励很多人。"

自从都贵玛住进泰和花园小区，小区保安见得比较多的访客大概就是那些"国家的孩子"和扛着摄影摄像器材的记者，还有慕名而来的拜访者。

"有一个人从乌海开车来，专程来看额吉。"一位中年保安说。

从乌海到乌兰花，650多公里的路程，8个多小时风雨兼程，心里燃烧着怎样火热的感情，才会专程来拜望一位素不相识的老人。

可见，人性中隐含的美好，需要由另一种美好唤醒。

查干朝鲁说："每次有人找额吉去讲党课，额吉都摆着手说：'我没上多少年学，讲不了课。讲课那是老师的事，那是学问。我就是和大家说说心里话。'我觉得额吉说的'说说心里话'还是挺贴切的。"

都贵玛老人在牧区、边防派出所和乌兰花的社区都去说过"心里话"，谈谈国家的形势、政策，讲一讲过去的日子和现在的变化。每一次说得都非常实在，通俗易懂，听的人却非常激动。

查干朝鲁没想到的是，额吉的"心里话"受到大家的热烈欢迎。她曾为此疑惑不解，额吉说的就是那些平常的话，因何会受到如此欢迎？

旗委宣传部副部长额日和木的话解开了她的疑惑："额吉天生具有亲和力，她不说教，不搬生硬的政策条文，就是用自己的话来讲政策、讲感受。这些话贴近老百姓，加上额吉的威望和觉悟，所以大家信服。大家都爱听，也都能听进去，记在心里。"

额日和木刚进旗委宣传部在外宣办工作时就认识了都贵玛额吉。他说，在四子王旗乌兰花镇长大的年轻人，小时候都听过都贵玛的故事。因为工作关系，他和都贵玛额吉接触得多，几年下来，他们之间也有了很深的感情，就像家庭成员一样。

都贵玛一有事就给额日和木打电话，有媒体采访，也要他来做翻译，因为信得过他。额日和木也成了都贵玛与媒体以及其他来访者之间的一个纽带。

"一是工作,我需要经常接触老人;二是因为崇敬,和老人在一起时,说话、办事都特别舒服。她不管什么时候,总把自己的需求放在后面、降到最低,特别注重别人的感受。"额日和木笑着说,"哎呀,你一体会就能感觉到老人的境界高,都在点点滴滴的生活里呢。"

对于查干朝鲁而言,额吉身上的那种魅力,她并没有特别明显的感受,经过很多事、很多场合她才明白,这是额吉多年善良、正直的品行沉积的美好品质。她越习以为常,在别人眼里就越非同一般。

额吉对任何事都是认真的,因为她的信条就是:不辜负任何一份感情,不辜负任何一次信任。每次要去说"心里话",额吉都会用小本子写下一些笔记,那就是额吉梳理的对国家大事的感受。额吉每天看电视,爱看新闻联播,看整点新闻节目,也看内蒙古的新闻,用她的话说:人可以老,但是不能让自己的思想认识落伍。

查干朝鲁对额吉的记忆力是佩服的,不管看什么新闻,额吉都记得住。她清楚地记得,在汶川地震的时候,额吉每天看新闻,把救援的情况、伤亡的数据都记得清清楚楚,那些数据每天更新,她也记得不差。她去社区为灾区捐了3000元钱,和社区干部、居民聊了很长时间,大家都惊讶于她了解那么多情况。她还带动了很多人为灾区献爱心。

党的十八大、十九大等重要会议精神,额吉都很关注,尤其是关乎农村牧区的政策,她如数家珍。前一阵子,有领导来看望额吉,额吉侃侃而谈,说得领导们都感慨不已:老人家比我们都学得深,学得到位呢。

额吉经常会在笔记本上记下看完新闻的感受:

> 国家的富民政策太好了!对农牧民来说,是特别值得庆幸的,因为生活在这样好的一个时代,得珍惜。

没有不出力就换来的幸福。国家的政策再好，自己不干，不努力也不行。

城镇化建设是好事，但是，我觉得还是应该再慢一点。发展农村牧区经济还是我们生活的基础。

我们蒙古族人有这样的话："湖水平静，鸿雁平安。"天边飞来的鸿嘎鲁（鸿雁）以淖尔（湖）为家，如果湖水不平静，鸿雁就不会有平安的生活。如果没有繁荣昌盛的祖国，如果没有安定团结的内蒙古，就不会有这里人民幸福安宁的好生活。

这些文字，没有日期，都是一小段一小段的，想到什么事，额吉就随手记下来。对很多事，她都有自己的看法，也会认真思考。这一点，查干朝鲁自愧不如。

额吉总说自己就是个牧民，查干朝鲁也从心里承认自己是地道的牧民，但是，牧民和牧民也不一样。额吉这个牧民想的事更多、更广。

很多人都说那是额吉的境界高，查干朝鲁不大明白境界是什么，但是额吉的心里总是装着别人，很少有自己，这一点，她这么多年都看在眼里。她试图模仿额吉的所作所为，但是真正做起来，却很难。

三

2020年，新年的喜庆气氛被一场突如其来的疫情驱散。

都贵玛老人每天都守在电视前，她的脸色越来越凝重。

开始时，每一天的最新播报，她都记在本子上。后来，那些感染数字成倍地增加，让她感到手中的笔都变得沉重。尤其是看到钟南山赶往武汉，她的心情十分激动，以至于晚上失眠了。

"国有难，召必回。这才是一个中国人应有的气节和精神。"

她写下这句话的时候，手有些抖。她想，这个时候，自己能做点什么呢？

夜深人静，都贵玛心潮起伏，一遍一遍地看着手机。

"有疫情了，你们都照顾好自己，尽量别出门，配合政府的工作，好好保重。"

她向孩子们发着语音信息。

"额吉，您也保重。我们都挺好的，别担心。"

"额吉，我报名去社区站岗了。您一定多保重，休息好，吃好，不出门就没问题。"

"额吉，这个时候得增加营养，哪天我给您快递点羊肉过去。"

…………

她突然想起了什么，给珠拉发了一条消息："珠拉，我是奶奶。你什么时候回苏木去，帮我办点事。"

"奶奶，您有什么事啊？现在不让出城，咱们都得遵守啊。"

"对对对，我糊涂了，大家都别出门，减少感染风险。"

"奶奶，您有事，我看看能不能想想办法。您先说说是什么事？"

"我要捐款，珠拉，这件事能办吗？"

"奶奶，手机就能操作，这个能办。"

"对呀，我怎么没想到。"

这件事有了解决的办法，都贵玛的心里踏实了，很快进入了梦乡。

第二天，查干朝鲁帮母亲给嘎查党支部转了1000元钱，以党员的身份捐款。

查干朝鲁打扫房间时，看见正在看早间新闻的额吉不时地从茶几上拿起手绢擦拭着眼睛。

额吉眼睛不好，估计是手机、电视看得多了。她心想，今天给额吉熬点胡萝卜水，煮点羊肝吃。

她劝额吉少看手机，额吉只是说："没事的，我得关注着新闻，还有社区的人的想法，这个时候，不能出去添乱。"

"那不是有政府的人在管吗？有各个单位的人，还有志愿者。"

"你和图布沁也说，让他也问问苏木和嘎查有没有什么需要帮忙的，也得去帮。"

额吉就是这么爱操心，查干朝鲁心想。但是她答应着，没有说什么。她知道，儿子已经在帮着嘎查做事了，不仅仅是他，邻居们也都帮忙，牧区本来就人少，工作相对好做。就像每次神舟飞船回家的时候一样，脑木更的牧民把这一片土地守护得什么陌生人也进不来。这个觉悟多年前就化在每一个人的心里了。

"额吉，你怎么了？"查干朝鲁清扫着客厅的边边角角，抬眼看见额吉还在擦着眼睛，"眼睛不舒服吗？"

"没事，没事。"说着，额吉又用手绢沾了沾眼角，指着电视说，"你看看，医护人员太辛苦了，一天七八个小时穿着防护服，多难受。"

查干朝鲁错愕地看着额吉。

"大灾大难的时候，这些人最了不起。"额吉说，"他们也有家人呢，那个医生的家人也感染了，她还坚持工作救人。太不容易了！"

查干朝鲁放下手里的扫帚，去卫生间洗了一把热毛巾，递给额吉，说："你呀，看电视就看电视，不要跟着难过，伤身体。"

"我不是难过，是感动……没事的。"

"你看这不是控制住了吗？感染的人每天都在减少。电视里不是一直说嘛，这个仗一定能打赢。"

"一定能打赢！"额吉擦了擦脸，走到窗边，看着小区门口站岗的人，"我就是老了，不然也能去帮忙。"

"您还是好好歇着吧。额日和木不是说了嘛，您保重好自己就是最大的贡献。"

查干朝鲁安顿额吉进卧室休息后，抽空给扎拉嘎木吉打了个电话，问他最近的身体情况。他"三高"严重，现在不能上医院就诊，就在家里吃药控制。她顺道说了说额吉每天的情况，扎拉嘎木吉笑着说："额吉一定每天都关注呢，不用你说我都能想到。要不我陪着额吉去站岗吧？"

"我还想着让你劝劝额吉别太累呢，你也跟着闹。"

"我开玩笑呢，我现在头晕、腿疼的，走路都费劲儿，也不中用了。"

她知道哥哥的腿至今没恢复好，说："你也得注意了，少吃点肉，多吃蔬菜，控制控制。"

"知道了。哎呀，我都想额吉了。"

"你和额吉视频呗。"

"不大会呢。"扎拉嘎木吉笑着说，"昨天孙保卫他们给我打电话了，说是'国家的孩子'集中为抗疫捐款呢，我也捐了。"

"我一会儿告诉额吉，她一定可高兴了。"

2月底的一天，额日和木正在社区巡查，手机铃声响起，一看是都贵玛额吉的电话，他马上接了起来。

"额吉，您还好吧？"

"我好着呢。你在干什么呢？什么时候有时间来我家一下，可以吗？"

"额吉，您有事吗？"

"有事，也没什么事，你看什么时候有空就过来。"

"好的，额吉。您要是不着急，我就哪天抽空过去。"

额日和木每天忙碌不停，一直没顾上去都贵玛老人家。他没去的另一个原因是，他每天在外面社区里跑，怕给老人带去感染的风险。

隔两天，都贵玛老人就打一次电话问他忙什么呢。额日和木知道，都贵玛老人虽然没说去她家的事，但她的电话本身已经是在催促了，就答应着尽快找时间过去。

等不到额日和木，都贵玛老人有些着急了，拨通了段雅丽的电话："丫头，你忙呢吧？"

"额吉，我们都在社区值班、巡查。您有事吗？家里缺什么？我让他们给您送过去。"

"你们在外面忙，得多保重。我这里什么都不缺，没事的。"

"谢谢额吉，您还惦记着我们。您也多保重。"

"嗯，保重着呢。你什么时候有空来家里吃个饭？"

"额吉，您有事吧？饭就不去吃了，您有事就说吧。"

"也没太大的事，你们都那么忙，很长时间没见你们了。额日和木也忙得顾不上。我就和你说吧，我想托你们帮我捐点款。"

"额吉，您又要捐款啊？您真是高风亮节，值得我们学习！这样，我让红十字会的人过去。"

3月6日，额日和木带着红十字会的工作人员来到都贵玛的家。

都贵玛戴着口罩，早早地迎在门口。把他们迎进家后，她从茶几下层的玻璃板上拿出了5000元钱，递给他们。

"我每天看电视，看那些医护人员太不容易了，太辛苦了。这些钱捐给一线的医护人员。我也是做过医护工作的人，他们的精神让我敬佩。我年岁大了，也做不了什么事，就表达一下心意。"

送他们出门的时候，都贵玛还不忘叮嘱："钱一定要捐给一线的医护人员，他们都是真正的英雄。"

工作人员走后，都贵玛多少天紧蹙的眉头终于舒展了。

查干朝鲁知道额吉自从给额日和木打了电话之后，就一直坐卧不安地等着他来。

"他不来，一定是因为您岁数大了，不愿意给您增加感染的风险。"查干朝鲁劝道。

"可是，捐款也是很重要的事啊。这款早一天捐出去，就能早一天用到医护人员的身上，哪怕买两件防护服也是好的。"

查干朝鲁知道额吉的脾气，她一定会一直惦记着。

"额日和木一定是忙得厉害了，你不行给别人打打电话？"

这才有了打给段雅丽的那通电话。

现在，额吉终于松了一口气，查干朝鲁也松了一口气。

查干朝鲁感觉时光仿佛倒流了，额吉的急脾气在"非典"期间、在汶川地震期间都有过。她的心仿佛被一团火烤着一样难受，她必须做些什么才能稍稍心安。这个款如果捐不出去，她就寝食难安。

很快，查干朝鲁发现额吉又找到了新的"方向"。她每天盯着手机，在小区业主、"国家的孩子"等群里，给大家做思想工作，为牧民们普及防疫知识，为大家答疑解惑。在她的感召下，大家都积极地配合、支持防疫工作。

"只要齐心协力，我们一定能渡过这次难关。"

"咱们虽然不能见面，但可以在群里聚会聊天，也可以唱歌。我先给大家唱一首歌，大家都可以唱起来，人家不是说吗，好心情也能提高免疫力。"

自从都贵玛额吉在几个群里发声后，大家都活跃起来，一起聊天、唱歌……查干朝鲁也参与进来，她觉得这真是个好办法，额吉是怎么想到的呢？

尾 声

2021年3月5日，习近平总书记在参加内蒙古代表团审议时，提起了内蒙古创造的两段"历史佳话"："齐心协力建包钢""三千孤儿入内蒙"。人们再次将目光聚焦于都贵玛。

都贵玛，一个普通而又伟大的牧民。

她为国分忧，把一生中最美好的时光奉献给南方孤儿。

她通过学习成为妇产科医生，先后挽救了很多年轻母亲和新生儿的生命。

她没有做出惊天动地的大事，却在平凡的奉献中感动了无数人。

…………

在一篇篇报道中，都贵玛的名字和"三千孤儿"一时之间成为热词。

翻看着那些不同视角、不同风格的文章，我的心里涌起情感的波涛。与都贵玛老人相处的日子，以细节的方式不时地出现在我的脑海。

这时，一则新闻再次引起大家的关注：

6月2日上午，上海市代表团驱车100多公里，登门看望"人民楷模"国家荣誉称号获得者都贵玛老人。上海市委书记李强向都贵玛颁授"上海市荣誉市民"证章、证书。[1]

视频中的都贵玛还是那样微笑着，声音柔和，语气平缓，就像在那个午后我们相谈甚欢的样子。

那个午后，我们聊了很多当年她在牧区的故事和细节。

日影在我们的谈话中慢慢移动着，时光就这样一点一滴地流走。眼前这个慈祥的老人，从花样年华到古稀之年，用半个世纪的真情付出，向我们诠释了什么是善，什么是爱。

"我们牧区人的生活就是这样，从太阳升起到落山，总是有忙不完的活儿，还要照顾、教育孩子。等上了年纪，孩子们也会照顾老人，一代一代就是这样过来的。"

都贵玛老人娓娓道来，在她轻描淡写的每一件事的背后，都是岁月风霜深深镌刻的痕迹。

她的话，让我想起四子王旗民俗专家当代先生谈到都贵玛老人时的话："都贵玛是草原牧区额吉的一个缩影，草原上千千万万个额吉都是这样的，吃苦耐劳，胸怀博大，纯真善良。人，没有天生的伟大，伟大都是从平凡的一点一滴来的。都贵玛做好了自己。"

"做好了自己"，这句话虽然普通，却涵盖了都贵玛的一生。她多像草原上那千回百转的河流，澄澈宁静，自然流淌，绵延数里，涵养万物，却从不喧响。

在几十年潺潺而流的时光中，姑姑、姑父、舅舅、舅妈、哥哥、嫂子，包括

---

[1] 《总书记提到的这个红色故事，如今再续佳话》，中国日报中文网，2021 年 6 月 4 日。

哥哥的岳母，都贵玛都默默关心、付出心血，并为他们一一送终……没有刻意，自然而然。

"最后，送走了我闺女她父亲。"她说得特别平静。

"这些事，都再平常不过，日子也就是那么平平常常地过来的。"她停顿了一下，"年少抚幼，中年扶老，一生如此。"

年少抚幼，中年扶老，一生如此。

这12个字，她轻轻地说出，却重重地落在我的心里，说出了我的眼泪。

2021年5月25日第一稿

2021年7月11日第二稿

2021年8月23日第三稿